Ein leeres Haus

Marga Minco

Ein leeres Haus

Roman

Aus dem Niederländischen

von Marlene Müller-Haas

ARCO

Das Haus ansehn. Es ist still, niemand
geht ein und aus, man wartet ein wenig,
auf der Haus-Seite, dann auf der Seite
gegenüber, nichts, solche Häuser sind so
viel weiser als die Menschen, die sie anstarren.

Kafka

Donnerstag,

28. Juni 1945

»Ich gehe heute zurück«, sagte ich zu der Frau in der Küche. Sie stand an der Spüle, Dampf stieg von ihren Händen auf.

»Heute?« Sie drehte sich um. »Warum heute? Wolltest du nicht erst morgen gehn?«

»Ich kann genauso gut heute los. Das Wetter ist schön. Morgen könnte es regnen.«

»Morgen gibt's keinen Regen, das Wetter bleibt gut, es wird sehr heiß, du wirst schon sehn. Wie willst du eigentlich zurück?«

Ich setzte mich an den Küchentisch, wo das Frühstück auf mich wartete, und begann, mir ein Brot zu schmieren.

»Ich trampe.«

»Per Anhalter? Mit dem Koffer?«

»Der ist nicht schwer.«

»Warum wartest du nicht bis morgen? Dann kannst du mit dem Laster bis Amsterdam mit. Du weißt, dass er morgen hinfährt. Das ist doch viel einfacher. Dann musst du nicht stundenlang an der Straße warten, bis dich einer mitnimmt.«

»Die Autofahrer müssen Tramper mitnehmen. Das hat in der Zeitung gestanden.«

»Es fahren noch so gut wie keine Autos. Und was macht es schon aus, der eine Tag, den du früher da bist?« Sie schüttelte den Kopf.

»Eigentlich nichts.«

Die Frau trocknete sich die Hände ab und goss mir Kaffee ein.

Natürlich machte es nichts aus. Aber mir war plötzlich in den Sinn gekommen, nicht bis zum nächsten Tag zu warten. Ich war sehr früh aufgewacht. Als ich aus dem Bett stieg, schien die Sonne durchs Fenster – ich ließ immer den Vorhang auf, ich konnte in einem völlig dunklen Raum nicht schlafen – und zeichnete, wie auf eine liegende Wand, hellbraune Kegel und dunkelbraune Würfel mit beigen Querstreifen auf den schwarzen Grund. Vier Wochen lang hatte ich sie jeden Morgen betrachtet, hatte die Figuren von oben nach unten und wieder zurück und diagonal springen lassen, bis der ganze Fußboden ins Wogen geriet. Den Würfel konnte ich mit dem Fuß verdecken, den Kegel nicht; meine Zehen ragten darüber hinaus. Ich ging zum Fenster, nahm das Fliegengitter weg, schob das Fenster weiter nach oben und sicherte es mit dem Haltestift. Der Morgendunst strömte herein, ein Geruch von nassem Gras, Tieren und Mist. Ich hörte den Mann mit der Klapper. Anfangs hatte mich das Geräusch sehr erschreckt. Es war der Müllmann, stellte sich heraus. Man hörte ihn schon straßenweit kommen. Ich gewöhnte mich daran. Das war mir bei der früheren Klapper nie gelungen. Ich liege wach und lausche, bis es losgeht.

»Du solltest das nicht beachten«, sagt Mark, »ich höre es schon gar nicht mehr.« Aber es ist jede Nacht dasselbe. Zwischen den ausgeweideten Häusern wimmelt es von Ratten. Sie werden von der Zuiderkerk angezogen, die als Leichenhalle dient. Die Wachleute versuchen, sie mit Klappern zu vertreiben.

Eines Nachmittags komme ich durch die Zandstraat, und die Kirchentüren stehen offen. Die Leichen sind auf dem Granitboden aufgereiht, mit weit gespreizten, zu Klumpen geschwollenen Füßen. Einige sind im Schlafanzug, andere mit Lumpen oder Zeitungen bedeckt. Zwei Männer schieben einen Handwagen herein, auf dem längliche Papiersäcke mit Aufklebern liegen. »Wieder fünf Tote«, sagt ein alter Mann neben mir. Er hat glasige Augen, und seine Ohren stehen wie kleine, zerknitterte Flügel ab. Mit der Zeit höre ich die Klapper auch tagsüber, obwohl sie schweigt.

»Wir haben alle damit gerechnet, dass heute dein letzter Tag bei uns ist. Ich wollte noch einen Kuchen backen, und Vatter bringt heute Abend junge Hähnchen mit. Die Kinder sind schon weg. Denen kannst du dann auch nicht auf Wiedersehn sagen.«

Ich sagte, dass ich es schade fände, mich von den anderen nicht verabschieden zu können. Aber früher oder später müsse ich doch zurück. Und außerdem sei sie einen Tag früher eine Last los, daran solle sie doch denken. Ich legte mir eine Scheibe Frühstücksspeck aufs Brot, schnitt es in vier Teile und steckte eines in den Mund. Ich kaute langsam.

Wir nehmen uns vor, später jeden Tag zum Frühstück Speck zu essen, gut durchwachsenen Speck. Auf dem kleinen Notöfchen brate ich Kartoffeln mit Zwiebeln, in ranzigem Fett, das ein Freund – Simon, ein rothaariger Junge, der kurz vor der Befreiung in einer Dachkammer an der Nassaukade Selbstmord begehen wird – aus dem Labor, wo er arbeitet, hat mitgehen lassen. Er weigert sich zu sagen, welches Fett es ist.

»Hast du nichts anderes zum Frühstück?«, fragt Mark. »Die ganze Wohnung stinkt danach.«

»Die Kartoffeln sind gut, und das Fett ist gefiltert«, sagt Simon.

»Jetzt ein frisches Brötchen, mit dick Butter und Käse.« Er spießt eine schwarz verbrannte Kartoffel auf die Gabel und hält sie hoch.

»Was gab's denn bei dir früher am Morgen?«

»Spiegeleier.«

»Eines?«

»Meist zwei, mit Schinken drunter.«

»Bei uns gab es nie Schinken. Meine Mutter wollte, dass ich Brei esse, ich war ein mageres Kind. Wie ich das gehasst habe. Jetzt hätte ich richtig Lust darauf.«

»Weißt du, wie es gut schmeckt? Mit einem Flöckchen Butter und viel Zucker, von dem hellbraunen.«

»Ich habe mal einem Mann beim Breiessen zugesehen. Da bekam ich erst richtig Lust.«

»Wer war das?«

»Ein Geschäftsfreund meines Vaters. Mein Vater hatte etwas mit ihm zu bereden, und ich kam mit. Der Mann aß gerade einen Teller Brei. Seine Frau sagte, wir sollten uns doch zu ihm an den Tisch setzen. Sie stand hinter dem Stuhl ihres Mannes und wartete, dass sein Teller leer wurde. Mein Vater zündete eine Zigarre an und begann ein Gespräch über die Stärke des englischen Heers nach dem Rückzug bei Dünkirchen. Ich beobachtete den Mann. Er ließ meinen Vater reden, nickte ab und zu oder brummte »hm, hm« und aß unbeirrt weiter. Er machte das gekonnt, als ob er es lange geübt hätte. So isst man also einen Teller Brei, dachte ich, wie dieser Mann. Er hatte am Rand angefangen und löffelte stetig ein klein wenig mehr zur Mitte hin, wo der fest gewordene Brei wie ein Wackelpudding stehenblieb. Diesen kreisförmigen Rest halbierte er sorgfältig, bevor er ihn aß. Dann kippte er den Teller schräg zu sich und machte eine weitere Runde, wieder vom Rand zur Mitte hin. Das brachte ihm noch einen halben Löffel Brei. Dann wischte er sich mit seiner Serviette den Mund ab, stand auf und schüttelte meinem Vater die Hand.«

»Das muss wunderbarer Brei gewesen sein.«

»Es war einfach Haferbrei.«

»Du siehst auf jeden Fall prima aus«, sagte die Frau. »Wenn ich dran denke, wie du vor einem Monat hier reingekommen bist, mit so einem schmalen, bleichen Gesicht – da hat sich schon was getan.«

»Ja, ich habe mich hier ganz und gar erholt.«

»Na und ob!«

Ich legte das Messer auf den Teller und schob ihn von mir. »Ich hab den Koffer schon gepackt, ich wollte ein bisschen zeitig los.«

»Das musst du selber wissen, Sepha.« Sie fuhr sich mit dem Handgelenk über die Stirn, um eine Locke wegzustreichen. Spülwasser tropfte auf ihre Schürze. »Hast du Heimweh?«

»Nein, nein, aber ich wohne nun mal in Amsterdam.«

Sie ließ kaltes Wasser in den Eimer laufen und spülte darin ein Handtuch aus. Einen Moment hörte man nur dieses Geräusch. Sie wrang es aus und zog es glatt. Ihre Hände wurden noch röter. »Die erkennen dich bestimmt nicht mehr wieder, dort in Amsterdam.«

Ich goss mir selbst noch ein wenig Kaffee nach, während sich die Frau weiter über meine Magerkeit und meine eingefallenen Wangen und meinen fehlenden Appetit ausließ. In der ersten Woche hatte ich sie kaum verstanden. Es machte mich wahnsinnig. Es war, als ob sie absichtlich Buchstaben verschluckte und Wörter falsch aussprach. Inzwischen war mir ihr Dialekt vertraut, aber ich hörte nur mit halbem Ohr zu. Mit etwas Glück konnte ich heute Abend zuhause sein, vielleicht schon am Nachmittag. Plötzlich hatte ich es eilig, aus der Küche wegzukommen. Ich holte meinen Koffer von oben, und als ich wieder unten stand, war die Frau dabei, mir belegte Brote zu machen. Sie drückte zwei Scheiben fest aufeinander und steckte sie in eine Tüte.

Ich stand noch keine fünf Minuten vor dem Haus, als ein Pferdefuhrwerk vorbeikam. Der Gemüsebauer gab mir ein Zeichen, aufzusteigen. Die Frau winkte mir nach. Sie hatte mir im letzten Moment noch eine Tüte Äpfel mitgegeben. Ich winkte überschwänglich zurück. Ich hatte ihr versprochen, mich zu melden und zu kommen, sobald die Züge wieder fuhren. Ich würde ihr schreiben, wann wir heiraten. – Das ist Mark. Wir schauen nur mal kurz vorbei. Kaffeetrinken an dem blankgescheuerten Tisch in der Küche, mit den Fingern trommeln, Kuchenkrümel plattdrücken, nach Worten suchen, die man ab und zu wiederholen kann, aus dem Fenster sehen und wieder aufstehen. Entschuldigend lachen. Wir müssen jetzt wirklich los. Armer Vatter, wieder versäumte er einen Abschied. Dort hinten lag ich im Gras, und hinter diesen Büschen habe ich mich ausgezogen, um zu schwimmen, wenn keiner in der Nähe war. Ja nackt, ich hatte doch keinen Badeanzug. Lass uns ein Segelboot mieten. Aber wer sagt denn, dass Mark segeln oder schwimmen kann? Hat er je Sport gemacht?

Mit der Zeit lernt er sehr gut Holz sägen, schneller als die anderen, er ist wie besessen davon, legt für Wochen Holzvorräte an, Scheite stapeln sich auf, Treppengeländer, Schrankbretter und Dielen verschwinden, das Haus riecht wie ein Sägewerk. Seine Hände werden schwielig. Zum ersten Mal spüre ich es auf meinem Rücken, hart, und es kratzt. Er lässt es mich überall spüren und schenkt mir eine neue Empfindung, als ob ich einen anderen Liebhaber hätte, der anders mit mir umspringt, grober.

Wie wird es sein, wenn ich wieder da bin? Was er inzwischen wohl gemacht hat? Nachdem ich einen Monat von ihm weg war, fiel mir auf, dass ich eigentlich nicht viel von ihm wusste. Ich schob den Gedanken von mir, während ich hinten auf dem Fuhrwerk zwischen Gemüse- und Obstkisten die Straße entlangfuhr. Das Pferd trabte mit regelmäßigem Hufschlag, die Räder ratterten, der Mann auf dem Bock schwieg. Er hatte nur gesagt, dass er nicht weiter als bis nach Sneek fahre.

Es musste kurz nach halb acht sein, aber die Sonne hatte schon Kraft. Der Dunst über den Wiesen hob sich. Die Frau hatte recht, es würde sehr heiß werden. Die Luft roch nach Wasser und Wildkräutern. Beim Blick über die Klinkerstraße sah ich mit einem Mal den Tag wie ein endloses Band voller Kurven und Kehren vor mir liegen: Fahrten in offenen Wagen, in klapprigen PKWs, mit neugierigen oder zudringlichen Fahrern, in Jeeps und Trucks; allerlei Umwege ertragen müssen, stundenlang in der Hitze am Straßenrand ausharren. Aber ich würde meinem Zuhause langsam näherkommen.

Wir fuhren jetzt an Lagerhäusern und Bootsschuppen vorbei. Auf dem Meer in der Ferne sah ich ein paar Segel. Der Gemüsebauer hielt an einer Kreuzung. Dort stand ein Armeelaster, in den gerade ein Trupp Kanadier einstieg. Sie starrten zu mir, als ich vom Fuhrwerk sprang. Einer von ihnen sah meinen Koffer und kam gelaufen, um mir zu helfen. Ich fragte, ob sie vielleicht Richtung Zwolle führen. Er schüttelte den Kopf.

»We're going to Leeuwarden. Why not come along with us?«

Er blieb mit meinem Koffer in der einen Hand stehen und ergriff mit der anderen meine Hand. Er war klein, nicht viel größer als ich. Sein Khakihemd stand offen, der Hals war braun. Sein Gesicht, mit lauter Sommersprossen um die kurze Nase und fragend hochgezogenen Brauen über den runden Augen, erinnerte mich an eine Kinderzeichnung. Ich musste lachen, und es fühlte sich anders an als beim ersten Mal auf dem Dam. Die Beklemmung war weg, als hätte ich neu Atmen gelernt.

Wir kommen aus der Damstraat und stoßen auf ein Menschengewimmel, das sich Richtung Dam, zum Palais schiebt. Mark meint, wir sollten bleiben, wo wir sind, an der Ecke Vijgendam. Aber ich ziehe ihn mit.

»Ich will sie aus der Nähe sehen.«

»Du schaffst es nie nach vorn.«

»Ich muss sie sehen, versteh das doch.«

»Du kriegst sie schon noch zu sehen.«

»Ich will aber jetzt.«

»Sepha, warte doch einen Moment.«

»Nein.«

Er lässt mich los, und ich arbeite mich nach vorn, ich zwänge mich zwischen den Leuten durch, ich setze Ellbogen und die Knie ein. Mark fällt zurück. Dann habe ich ihn verloren. Jemand schlägt mir auf den Rücken.

»Dort sind sie!«, ruft ein junger Mann. Er hat ein weißes Gesicht und tief eingesunkene Augen. Auf Stirn und Kinn rote Geschwüre. Ich rieche den Schweiß, den sauren Geruch ungewaschener Kleider. Ich drängle mich an den fahlen Jacken entlang, den ausgeleierten Pullovern, den verschossenen Westen, tauche mit dem Kopf nach unten zwischen zwei sich wiegenden Körpern durch, unter Armen, die sich nicht voneinander lösen wollen. Manchmal habe ich das Gefühl, in die Luft geworfen zu werden, manchmal meine ich zu rennen, ohne vom Fleck zu kommen, als würde der Boden unter meinen Füßen wegrutschen, wie in meinem Traum. Ein paarmal stolpere ich über spindeldürre Beine in rutschenden Socken, die Füße stecken in einer Art Pantoffeln aus Papiergarn. Es ist ein Mädchen um die zwölf. Sie merkt es nicht. Da bricht über meinem Kopf der Sturm los; alle geraten in Bewegung, Körper strecken sich, klettern aneinander hoch, Arme werden in die Höhe gereckt, alles schwankt und kreischt. Ich recke mich, bin fast vorn. Ich sehe ein niedriges, kantiges Auto. Darin Soldaten mit schweißnassen Gesichtern unter bronzegrünen Stahlhelmen. Einer von ihnen streckt einen kleinen Blumenstrauß vor sich. Mädchen fallen ihm um den Hals, küssen ihn, winken den Jubelnden zu. Dahinter kommen noch mehr von diesen niedrigen, offenen Wagen, und nach ihnen Panzer, sich bewegende Menschenberge, gekrönt von Offizieren, die bis zur Taille aus den Drehtürmen aufragen, mit zwei kleinen, schwarzen Kopfhörermuscheln rechts und links am Hals, die Arme ausgestreckt wie bei Verkehrspolizisten. Junge Männer sitzen rittlings auf den langen Geschützen. Hinter den aufgeklappten Panzerluken sieht man ab und zu das Gesicht eines Soldaten, schwarz und glänzend, wie eingeölt. Die niedrigen Jeeps und die Panzer sind jetzt vollständig von der Menschenmenge eingeschlossen. Ich kann weder vor noch zurück. Meine Hände sind klamm, in meinem Hinterkopf hämmert es. Ich will mitmachen, ich will rufen, winken, Hände drücken, aber ich kann nur schauen. Und es ist, als sähe ich etwas, das nicht für meine Augen bestimmt ist. Ich empfinde keine Freude.

Der Kanadier lachte. Er stand direkt vor mir. Ich sah die blonden Härchen an seinem Hals, die Kuhle über dem Brustbein. Ich sagte ihm, dass ich nicht nach Leeuwarden mitkönne und es schade fände, in eine andere Richtung zu müssen. Er ließ meine Hand los, stellte den Koffer ab und holte ein paar Schokoriegel aus seiner Brusttasche.

»Take this. My name is Roy.«

Ich dankte ihm. Er ergriff erneut meine Hand.

»What's your name?«

»Sepha.«

»You don't change your mind, Sepha?« Er beugte sich vor. Seine Pupillen zuckten hin und her, als ob sie etwas folgten, das mich umkreiste.

»I'm sorry, but I can't. I'm on my way to Amsterdam.«

»Come along with us. We'll take you to Amsterdam tomorrow.« Er legte die Hand auf meine Schulter. Ich fühlte, wie seine Finger über meinen Nacken strichen.

»That's impossible. I'm expected home today.« Die anderen riefen, dass er sich beeilen solle.

»Well then ... Good luck, Sepha, good luck.« Kurz näherte sich sein Gesicht dem meinen.

»Good luck, Roy.«

Er ließ mich los. Ich steckte die Schokolade in meine Umhängetasche und griff nach dem Koffer. Den Gemüsewagen hatte ich Richtung Stadt abbiegen sehen. Hinter mir startete der Armeelaster, die Soldaten sangen, Roy winkte und rief etwas, das ich nicht verstand. In weißen Staubwolken verschwand das Auto um die Ecke.

Die Straße vor mir war schmal. Die Bäume standen auf hohen, grasbewachsenen Böschungen. Ich stellte den Koffer unter einem Baum ab und setzte mich daneben. Ich hatte wenig Lust, damit weiterzulaufen, obwohl er nicht schwer war. Viel Zeit zum Packen hatte ich nie gehabt. Wegen der Eile bei jedem Aufbruch von einem Unterschlupf zum nächsten hatte ich jedes Mal etwas zurückgelassen. Alles hat auch sein Gutes.

Ich merkte erst, dass mich jemand mitnehmen wollte, als das Auto direkt neben mir hielt. Ein Mann beugte sich aus dem Fenster und fragte, wo ich hin müsse.

»Nach Amsterdam.«

»Stell den Koffer mal hinten rein.« Er hatte einen kleinen Lieferwagen mit Holzvergaser.

»So, so«, sagte er, als ich neben ihm saß, »nach Amsterdam. Das is' noch 'n ziemliches Stück.« Er war ein kleiner, magerer Mann in einem speckig glänzenden schwarzen Anzug, wie ich sie die Bauern aus der Gegend am Sonntag oft hatte tragen sehen.

»So weit fahren Sie nicht?«

»Ich muss nach Heerenveen. Dann bist du jedenfalls wieder ein Stückchen weiter.«

»Wollen Sie ein Stück Schokolade?« Ich holte einen Riegel aus meiner Tasche und brach ihn in zwei Teile.

»Schokolade!« Er dehnte das Wort ganz lang. »Mach mal das Papier ab.« Er schnalzte mit der Zunge und stopfte sich gleich das ganze Stück in den Mund. Einen Moment konnte er nichts sagen, aber seine Zunge und die Kiefer arbeiteten schnell, er schmatzte. »Tschoklet, nich? Die Kanadier. Ja, ja, die haben's drauf.« Er drehte mir halb das Gesicht zu, ein hageres, gelbliches Gesicht mit Bartstoppeln. »Mmm, gut, die Schokolade.« Er schmatzte noch einmal und begann dann zu pfeifen, mit fettigen Lippen.

Er hatte viel Ähnlichkeit mit meinem Onkel Max aus Assen, bei dem ich vor dem Krieg oft die Sommerferien verbracht hatte und der mich dann in seinem alten Ford T auf die Dörfer mitnahm. Hinten liegen die Stoffballen. Sobald wir uns einem Bauernhof nähern, hält er an, schultert einen Ballen und geht damit Richtung Hof. Manchmal dauert es lange, bis er wiederkommt. Die ganze Zeit über warte ich im Auto. Vage höre ich, wie Eimer abgesetzt werden, das Quietschen einer Pumpe, Hühner. Mit einem Mal taucht mein Onkel zwischen den Bäumen auf, wie ein Zwerg, ein Buckliger, Grimassen schneidend und rufend. Er wirft mir ein paar Äpfel in den Schoß und eine Handvoll Nüsse. Holpernd und ruckelnd fahren wir weiter, mein Onkel lacht Tränen über die Bauern, die ihm den halben Ballen Stoff abgekauft haben. »Und was glaubst du, was die damit machen«, sagt er, »sie heben es auf, sie heben alles auf.« Manchmal pfeift er, manchmal sagt er straßenlang nichts. Meine Hände schmerzen vom Nüsseknacken. Plötzlich ruft er »Juden«, mit einem langgezogenen U. Er schlägt sich vor Vergnügen auf die Schenkel und wiederholt es ein paarmal. »Wenn wir nachher zu deiner Tante gehen«, sagt er, als wir kurz vor Assen sind. »Denk dran, wir waren nur bei den Bauern!« Er gibt mir eine weitere Handvoll Nüsse. »Deine Tante«, sagt er langsam. Sein Blick ist jetzt ernst. Sein rundes, rotes Gesicht liegt fast auf dem Lenkrad, die Unterlippe hat er weit vorgeschoben. »Deine Tante!« Er schreit es wütend, als ob er sich in Rage bringen wolle. Beim erstbesten Gasthaus hält er an. »Warte mal kurz«, sagt er, »bin gleich wieder da.« Nach dem Einkehren tritt er fester aufs Gaspedal, seine Augen funkeln und wieder schreit er »Deine Tante!« Nachdem er in vier, fünf Gasthäusern abgestiegen ist, hämmert er mit der Faust aufs Lenkrad und übertönt das Dröhnen des Motors mit »Verlieb dich nie, denn sonst bist du verlohoren, dann steckst du drin, bis über beide Ohoren ...« Wenn er in die Kurve geht, muss ich mich am Sitz festhalten. Die Nussschalen kullern von meinem Schoß.

»Gehst du zu Verwandten?«

»Ich geh nach Hause.«

»Oh, du wohnst in Amsterdam?«

»Ja.«

»Tja, da war ja echt was los.«

»Ja.«

»Das hast du doch bestimmt alles mitgekriegt?«

»Was?«

»Das ganze Elend dort.«

»Ja.«

»Hier wärst du besser dran gewesen. Hier bei uns is es gut. Uns hat es an nix gefehlt.«

»Das hab ich gemerkt.«

»Hast du Urlaub gemacht? Man kriegt allmählich wieder Spaß daran.«

Ich sagte, dass ich irgendwo zu Besuch war. Auf das Wort Urlaub wäre ich nie gekommen. »Du musst mal raus«, hatte Mark gesagt, »du musst aufs Land.« Und ein Freund aus der Illegalität kannte Leute in Friesland, die mich ein paar Wochen nehmen wollten. Er musste sowieso hin, ich konnte in dem Jeep mitkommen, mit dem er schon kurz nach der Befreiung herumfuhr. Man hatte mich inzwischen so oft von einer Adresse zur anderen gebracht, dass es auch jetzt selbstverständlich war, einfach mitzugehen.

»Hast du Verwandte in Friesland?«

»Nicht in Friesland. Schau mal, ein Jeep mit Amerikanern!« Ich kurbelte das Fenster herunter und winkte.

»'s sind Engländer, man sieht's an den Helmen.« Er streckte den Arm aus dem Fenster und machte das V-Zeichen. Kurz darauf zog er ein Mäppchen aus seiner Brusttasche. »Mach mal auf.« Er warf es mir auf den Schoß. Darin war ein Foto von ein paar Leuten. »Das sind wir, das ist meine Familie.«

Vorn kauerte ein schielender kleiner Junge, ein Knie auf dem Boden. Die Mädchen hatten eine helle Ponyfrisur, die Jungs große Ohren und große Hände. Die Mutter, eine füllige Frau in geblümtem Kleid, saß in der Mitte. Mit einer Miene, als hätte sie gerade Essig getrunken. Der Vater stand hinter ihr, eine Hand auf ihrer Stuhllehne, die andere hing steif neben seinem Körper. Sie waren zu zwölft.

»Das sind ja ganz schön viele.«

»Und alle kerngesund. Krankheit gibt's bei uns nicht.«

Ich nickte und reichte ihm das Foto zurück.

Wir sind in den Ferien am Meer, in dem Haus, das meine Eltern seit Jahren immer wieder mieten. Der Besitzer ist Strandfotograf, ein großer, knochiger Mann mit Schillerkragen, auf dessen Brust immer zwei Fotoapparate baumeln. Während der Saison wohnt er mit seiner Frau in einem umgebauten Hühnerstall hinten im Garten, wo ich sie frühmorgens hantieren und dabei laut singen höre: »... don't know why, there's no summer in the sky, stormy weather ...« Den Rest vom Lied kennt sie nicht. Sie summt es zu Ende und fängt wieder von vorn an. Mein Vater ist von ihr sichtlich angetan. Sie trägt tief ausgeschnittene Kleider, hat feste Brüste und runde Hüften. Er bezeichnet sie als »eine stramme Frau«.

Am Ende unserer letzten Ferien macht der Fotograf im Vorgarten ein Gruppenfoto von uns. Zu viert stehen wir vor dem Erker. »Schaut doch ein bisschen lustiger«, sagt er zu Ellen und mir, »was soll das denn.« An diesem Tag ist ein Junge ertrunken, den wir gut gekannt haben. Ein paar Abende vorher haben wir mit ihm noch eine Strandwanderung gemacht. Der Tag war heiß und das Meer hell. Auch unter unseren Füßen funkelt es. Wir sind mit einer großen Gruppe unterwegs, der Junge und ich gehen am Ende, langsam, Hand in Hand. Ab und zu bleibt er stehen, legt die Arme um mich und küsst mich auf den Mund. Später höre ich von meiner Schwester, dass er sie ebenfalls geküsst hat. Ein Junge mit einem braunen Lockenschopf und ein wenig vorstehenden Zähnen. Jedes Mal, wenn wir das Ferienfoto im Album wieder betrachten, müssen wir an ihn denken.

»Es ist eine schöne Erinnerung für später.«

»Gewiss«, sagte der Mann, »gewiss.« Er steckte das Mäppchen wieder in seine Brusttasche und lenkte weiterhin nur mit einer Hand. »Du hast Glück, dass wir so schnell in Heerenveen sind. Meist habe ich Pech mit dem Mistding.« Er deutet mit dem Daumen auf den Holzvergaser. Mit einem Händedruck verabschiedete er sich und wünschte mir alles Gute, als würde er mich seit Jahren kennen. Als er um die Ecke bog, hatte ich ihn bereits vergessen. Aber das Bild blieb mir: die Mutter mit der sauren Miene, den feierlich blickenden Vater und die zehn kerngesunden Kinder. Eine komplette Familie.

Als nächster nahm mich der Fahrer eines Viehtransporters mit, der nach Steenwijk musste. Er trug einen blauen Overall voller Dungflecken und war wortkarg, fast schroff. »Nach Amsterdam? Is' nich' grade um die Ecke«, war der einzige Kommentar. In der Kabine stank es fürchterlich nach Kuhstall. Hinter der Trennwand hörte ich die Tiere poltern. Ich lehnte mich zurück. Mein Kopf schaukelte mit jeder Unebenheit der Straße mit. Ab und zu sah ich zwischen den Bäumen Kasematten. Aus einigen Schießscharten ragten belaubte Zweige hervor, als sei im Innern ein Baum gewachsen.

Ich weiß nicht, dass wir nach Amsterdam gehen. Es ist spät, und ich liege bereits im Alkoven, als mich die Bäuerin ruft. »Sepha, beeil dich, da ist jemand für dich. Du musst weg!« Ich fahre in meine Kleider, schnappe meinen Koffer und werfe die Sachen hinein, die ich auf ein Brett über meinem Bett gelegt habe. Es sind Routinehandgriffe. An der Haustür steht ein Mann. Im Halbdunkel kann ich sein Gesicht kaum erkennen. Ich sehe nur, dass er einen Hut auf hat und ziemlich groß ist; er füllt den winzigen Gang fast ganz aus. Die Bäuerin drückt mir beim Weggehen die Hand.

»Den Koffer nehme ich schon«, sagt der Mann, als ich auf dem stockfinsteren Hof stehe. »Gib mir mal deinen Arm.« Die Stimme klingt jung. Der Ärmel seines Mantels fühlt sich wie Wolle an. Wir gehen zur Straße, und ich spüre durch den Regenmantel den Wind; mir war noch nie so kalt. Die Seitenstraße, in die wir nach wenigen Minuten abbiegen, ist wegen der hohen Bäume auf beiden Seiten noch dunkler. Wir begegnen niemandem. Es gibt nur das Geräusch unserer Schritte auf dem Splitt. Ich spüre, wie es in meinen Schläfen zu pochen beginnt, in meinem Hals, meiner Brust. Der Mann sagt nichts. Wir gehen schweigend, Arm in Arm, auf etwas zu, das rechts an der Straße steht. Ein Auto. Ich höre meinen Begleiter flüstern, ich solle nicht erschrecken, ich sei in guten Händen.

Es dringt nicht zu mir durch. Vielleicht liege ich noch im Alkoven, und das hier ist der immer wiederkehrende Traum, in dem ich abgeholt werde. Ich sehe, dass es ein deutsches Militärfahrzeug ist, ein DKW, dessen hintere Tür geöffnet wird. Ich bin starr; alles an mir ist erstarrt, meine Beine und Arme sind taub, mein Mund ist so trocken, dass ich kaum schlucken kann. Ich werde sanft ins Auto gedrängt, und mein Begleiter setzt sich neben mich auf die Rückbank. Er sagt etwas zu mir. Ich höre es nicht. Ich weiß jetzt, dass es so passiert, so ist es den anderen auch ergangen, so habe ich es seit Monaten vor mir gesehen; unvermittelt werde ich weggeführt, selbstverständlich und unausweichlich.

Vorn sitzen zwei Männer in Wehrmachtsuniform. Der Mann neben dem Fahrer dreht sich um und fragt, wie es mir geht. Seine Brille blitzt kurz auf, als er sich eine Zigarette anzündet. Ob ich auch eine möchte? Der Fahrer sagt, dass er nach vorn sehen und den Mund halten solle. »Du machst ihr Angst.« Sie feixen. Mein Begleiter beugt sich zu mir und legt seine Hand auf meinen Arm.

»Ich bringe dich zu einer guten Adresse.«

»Warum?«

»Dort war es nicht mehr sicher. Du gehst jetzt woanders hin.«

»Wohin?«

»Du musst keine Angst haben. Bist du immer so?«

»Nein.«

»Du musst mir vertrauen.«

»Ich kenne dich nicht.«

»Wer kennt schon wen?«

»Und die da?« Ich deute auf die zwei Männer im Fond.

»Das ist in Ordnung. Prima Jungs.«

Wir fahren auf der Hauptstraße, wo es heller ist. Ab und zu zeigt sich der Mond, die blauen Scheinwerfer des Gegenverkehrs huschen vorbei, schwache Lichtstreifen aus Fenstern, die nicht richtig verdunkelt sind. Ich sehe sein Gesicht. Er hat den Hut abgenommen. Sein straff nach hinten gekämmtes Haar glänzt; seine Brauen stehen dicht beisammen, er hat eine scharfe Nase, kantige Kiefer und einen breiten, dunklen Schnurrbart – ein Gesicht mit lauter geraden Linien. Als er merkt, dass ich ihn betrachte, drückt er seine Hand fester auf meinen Arm, lächelt und sagt, er heiße Karel, so solle ich ihn nennen; und noch einmal, dass alles in Ordnung sei. Der Wind pfeift ums Auto, reißt am Leinenverdeck. Ich spüre ihn durch die Seitentür, mir ist immer noch kalt. Der Mann mit der Brille sieht sich mehrmals nach einem Wagen um, der hinter uns fährt und erst nach etwa vier Minuten überholt. »Feldgendarmerie«, sagt er.

Unser Fahrer nimmt Gas zurück. Ich achte auf seinen Kopf, der sich jetzt ein Stück vorschiebt, auf die angespannte Nackenlinie. Die anderen sitzen in derselben Haltung.

»Überstanden«, sagt Karel. Aber da sind wir schon Kilometer weiter.

An einer Straße in Amsterdam werden wir abgesetzt. Ich erkenne das Viertel, es ist ganz nah beim Nieuwmarkt. Wir laufen an den zugenagelten Schaufenstern der Geschäfte in der St. Antoniesbreestraat vorbei. Vor einem Haus am Kloveniersburgwal bleiben wir stehen. »Wir sind da«, sagt er. Ich schaue auf eine Schute, die vor der Tür liegt. Auf dem Deck steht ein Damenfahrrad. Wir steigen drei steile Treppen hinauf und kommen in ein langes, spärlich erleuchtetes

Zimmer, in eine Art Atelier. An einem runden Tisch in der Mitte sitzen ein paar junge Männer. Ich fühle, dass sie mich eingehend betrachten. Einer von ihnen, ein junger Kerl im schwarzen Pullover, kommt auf uns zu. Er hat denselben Schnurrbart wie Karel, aber heller. Sein Gesicht ist hager, er hat Falten neben dem Mund; sein langes, glattes Haar hängt ihm in einer Strähne über die Stirn.

»Ich bin Mark. Du hast es gut getroffen. Hier sind nur Untergetauchte.«

»Wohnen alle hier?«

»Teils. Ein paar wohnen oben, und der Rest im Haus nebenan.« Er stellt meinen Koffer, den Karel neben der Tür hat stehen lassen, ein Stück weiter ins Zimmer. »Möchtest du was trinken?«

»Ich weiß nicht …«

»Ich würde schon einen nehmen.«

»Ja, gib ihr mal was«, sagt Karel, »einen Doppelten. Sie ist sich immer noch nicht sicher, ob sie in guten Händen ist.«

»Seit ich euch auf das andere Auto hab schauen sehen, schon.«

Mark geht zum Tisch, um einzuschenken. Er hat einen langen Rücken, was der Pullover noch betont, der ihm weit über die Hüften fällt. Seine Hose sieht abgetragen aus, fleckig. Ich setze mich auf einen Diwan, der an der Wand steht. Er knarrt, ich spüre überall die Spiralfedern.

»Musste das unbedingt sein, mich mit einem deutschen Auto abzuholen?«, frage ich Karel.

»Nein, eigentlich nicht. Aber die Jungs hatten in der Gegend zufällig was zu erledigen. Sie sagten: ›Wenn es ein nettes Mädchen ist, darf sie mitfahren‹.« Er lacht und hebt das Glas, das Mark ihm gereicht hat. »Prost.«

»Ein ziemliches Risiko, finde ich.«
»Nach der Sperrstunde? Unsinn.«
»Haben die Halunken dir etwa Angst gemacht?«
»Seh' ich vielleicht aus wie ein SDler?«
»Der Juden-Karl!«
»Du würdest aber glatt als einer durchgehen.«
»Zu Befehl, Herr Sturmbannführer.«

Sie lachen, und ich lache mit, ich will mich nicht unterkriegen lassen, mir nicht anmerken lassen, dass ich mich in ihrer Gesellschaft nicht besonders wohl fühle. Ich war bisher nur bei Bauern untergebracht, weitab, bei wortkargen Menschen; ich muss mich an die Ironie gewöhnen, die zynischen Witze, an die schnellen Wendungen im Gespräch. »Komm, setz dich zu uns.« Sie haben für mich einen Stuhl an den Tisch geschoben. Das Licht kommt von Fahrradlampen, die mit einem Akku verbunden sind. Den Genever, den sie, erzählt Mark, selbst brennen, trinken sie aus Bechern und Senfgläsern. Mir haben sie ein richtiges Schnapsglas gegeben, vielleicht das einzige im Haus. Auf einer Zeitung liegt ein Berg dunkelbrauner Shag, von dem sie sich abwechselnd eine drehen. Der Alkohol schmeckt nach Medizin, macht aber warm. Ich lasse mir noch einmal eingießen. »Man kann davon blind werden«, sagt der Mann, der neben mir sitzt. Er ist älter als die anderen. Sie nennen ihn Eetje. Er hat blauschwarze Haare und ein braunes Gesicht. Auch seine Hände haben diese Farbe, als ob er lange in den Tropen gelebt hätte. »Und er muss es wissen, er ist unser Doktor«, sagt Karl. »Von ihm kriegen wir die Rezepte für den Alkohol.«

Gegen zwei Uhr gehen alle. Karel ist der einzige, der das Haus verlässt. Er wird mir morgen eine Lebensmittelkarte bringen. Ein paar steigen hinten aus dem

Fenster und klettern eine Feuerleiter hinunter. Alle anderen verschwinden ins obere Stockwerk. Nur Mark bleibt. Er bringt mich in eine kleine Kammer, die von dem großen Atelier abgetrennt ist. Dort sind ein Bett und ein Stuhl, auf dem ich meinen Koffer wiederfinde.

»Meinst du, es geht so?« Er hält eine Öllampe in die Höhe.

»Ja.«

»Wenn du noch was brauchst …«

»Schlafen wird schon klappen.« Ich betrachte das breite Bett, ein altmodisches Bettgestell mit einer Steppdecke. »Ist das dein Bett?«

»Nein. Das ist extra für unsere Logiergäste. Ich schlafe drinnen auf dem Diwan.«

Die Lampe pendelt hin und her und wirft lange Schatten in den kleinen Raum.

»Wo überall die Spiralen durchstechen?«

»Hast du das schon entdeckt?«

»Ich habe kurz darauf gesessen.«

»Man gewöhnt sich daran, ich spüre sie nicht mehr.«

»Hast du gewusst, dass ich herkomme?«

»Wir haben heute Abend jemanden erwartet, ja. Wir wussten, dass Karel irgendwen holen musste. Aber wir dachten, es wäre ein Mann, ein Student.«

»Oh.«

»Ich habe wirklich nichts dagegen. Im Gegenteil.«

»Gut, dann nehme ich das Zimmer. Ist es mit Frühstück?«

»Mit allem, was du möchtest.«

»Das werde ich mir merken.«

Wir lachen. Er stellt die Lampe auf den Boden, hebt kurz die Hand und lässt mich allein. Die Türöffnung wird mit einem Jutevorhang geschlossen. Schlaftrunken und ein wenig benommen ziehe ich mich aus. Ich bleibe liegen, bis ich die Diwanfedern quietschen höre.

»Dort hinten siehst du schon Steenwijk«, sagte der Fahrer.

Ich war angenehm überrascht. Ich hatte gefürchtet, nicht besonders gut voranzukommen, wenn sie mich jedes Mal nur ein kurzes Stück mitnehmen. Vielleicht war Mark gar nicht zuhause, und ich brachte seine Pläne durcheinander. Ich habe dich heute nicht erwartet. Gereizt reibt er mit den Fingern über die Stirn, zu den Haaren hin. Das macht er oft. Manchmal bleibt ein roter Fleck. Du solltest doch erst morgen kommen?

– Meine Mutter hat mich einen Tag früher als vereinbart nach Assen geschickt. »Sie sind sowieso immer da«, sagt sie. Doch das Geschäft ist geschlossen. Ich gehe zu den Nachbarn, die mir erzählen, dass alle im Ford weggefahren sind. Erst gegen Abend kommt meine Tante, um mich abzuholen. »Das ist mal wieder typisch deine Mutter!«

Meine Tante ist eine wirklich stattliche Frau. Alles an ihr ist üppig; sie hat einen Riesenschopf krauser Haare, große Hände und schwere Brüste. Den Großteil des Tages sitzt sie in der Werkstatt. Wenn die Zwillinge gefüttert werden müssen, wischt sie resolut alle Stoffreste, Fäden und Nadeln vom Arbeitstisch, knöpft ihr Kleid auf, legt die Babys an und lässt sie gleichzeitig trinken.

Dabei gibt sie dem Mädchen an der Nähmaschine Anweisungen. Sie spricht immer von der »Robe«. Die Nähte an der Robe von Mevrouw D. müssen noch gesäumt werden. Nähst du dann gleich die Robe von Mevrouw H. ab?

Onkel Max lässt sich tagsüber selten blicken. Einmal taucht er gleich nach dem Füttern auf. Ich höre ihn in den Laden kommen. Seine Schritte dröhnen auf den Holzdielen, und er knallt die Türen zu. Um ihn herum ist es immer laut, als wolle er die Unscheinbarkeit seiner Gestalt mit möglichst viel Kraftmeierei kompensieren. Er schmeißt einen Stoffballen auf den Tisch und reißt ihn auf.

»Hier, fühl mal.«

Meine Tante steht auf und nimmt den Stoff zwischen Daumen und Zeigefinger. Sie reibt darüber und nickt.

»Das ist ein Stöffchen, nicht wahr?« Mein Onkel stellt sich neben sie. Er starrt. Ich fühle meine Wangen glühen. Mit unverhohlener Gier starrt er auf die Brüste, die noch aus ihrem Kleid quellen.

»Ja«, sagt meine Tante langsam, »ja, das ist ein Stöffchen.«

Es war um die Mittagszeit, als mich ein Personenwagen ein gutes Stück hinter Zwolle absetzte. Wie auf der Hinfahrt hatte mich auch jetzt auf der Baileybrücke das Poltern der Abdeckplatten erschreckt.

Ich lief ein Stück die Straße entlang. Es war heiß. Die Schokolade hatte durstig gemacht. Die Äpfel waren schon aufgegessen. Hätte ich genügend Geld bei mir gehabt, wäre ich in Zwolle ausgestiegen, um irgendwo was zu trinken. Mark hatte mir versprochen, Geld zu schicken. Aber vermutlich hatte er selbst keines. »Du kannst in ein paar Tagen mit etwas rechnen«, schrieb er in seinem ersten Brief, »ich bekomme ein hübsches Sümmchen.« Dann teilte er auf einer Karte mit, dass es ein bisschen später würde. Aber es käme. Es war nicht gekommen.

Ich setzte mich an den Straßenrand, in den Schatten eines Gebüschs. Ich könnte zu einem der Bauernhöfe gehen, um etwas zu trinken, aber sie lagen zu weit von der Straße entfernt, ich könnte eine Mitfahrt verpassen. Nach einer Weile meinte ich, etwas kommen zu hören. Ich muss geschlafen haben, jedenfalls lag ich mit dem Kopf neben dem Koffer. Ich sprang auf und sah die Straße entlang. Kein Auto weit und breit. Neben mir im Gras stand ein Mädchen. Sie trug einen Rucksack.

»Wie lange sitzt du schon da?«, fragte sie.

»Vielleicht eine halbe Stunde.«

»Wo musst du hin?« Sie verschob die Lederriemen, die in ihre Schultern schnitten. Das Khakihemd war ihr zwei Nummern zu groß.

»Amsterdam.« Ich setzte mich wieder.

»Da muss ich auch hin. Man hat mich an der Kreuzung abgesetzt.« Sie scharrte mit den Füßen auf dem Gras, wie jemand, der auf der Stelle tritt. An ihren grau verstaubten Schuhen – eine Art Männerschuhe, die ihr ebenfalls zu groß waren – sah ich, dass sie eine ziemliche Strecke gelaufen war. Das war logisch, denn in der Nähe gab es keine Kreuzung. Ihre Arme und Beine waren genauso weiß wie ihr Gesicht. Sie spähte die Straße entlang und blinzelte dabei unablässig mit ihren schmalen, eng zusammenstehenden Augen.

»Es kann noch eine Weile dauern. Mach es dir bequem.«

»Diese verdammte Warterei. Ich könnte schon da sein.« Sie nahm ihren Rucksack ab und setzte sich neben mich.

»Du musst Geduld haben. Du kommst heute schon noch hin.«

»Trampst du viel?«

»Muss nicht sein. Meistens sorge ich dafür, dass mich ein Freund im Jeep mitnimmt.«

»Ah, auf die Tour.« Sie nahm ihr Kopftuch ab. Sie hatte dickes, schwarzes Haar. »Für mich ist es das erste Mal.«

»Was?«

»Dass ich trampe. Ich finde, es ist eine Alternative. Ich hasse Züge.«

»Warum?«

»Einmal bin ich fast rausgeflogen. Ich denke, ich war ungefähr sieben. Ich fuhr mit meinen Eltern zu Verwandten. In so einem alten Holzcoupé, du weißt schon, mit Ledergurten, um die Fenster runterzulassen, und viel Messing. Plötzlich gab der Türgriff nach – ich hatte bestimmt daran herumgespielt – und die Tür sprang auf. Mein Vater konnte mich gerade noch packen ... Was du dann an Wind abkriegst – du machst dir keine Vorstellung.«

»Ich kann's mir denken.«

»Du passt auf, ja? Mir tun die Augen weh vom Ausschauhalten. Ich bin die Sonne nicht gewöhnt.« Sie streckte sich im Gras aus, mit einem Arm über dem Gesicht. Ihre Bewegungen waren fahrig, ihre Stimme klang unnatürlich hoch. Mich störte, wie selbstverständlich sie davon ausging, dass wir gemeinsam weitertrampten. Sie tat, als seien wir hier verabredet gewesen.

»Heute früh hätte ich mit ein paar Kanadiern im Truck mitgekonnt.«

»Warum hast du es nicht gemacht?«

»Sie mussten vorher noch nach Leeuwarden. Sie wollten erst morgen nach Amsterdam. Es wäre prima gewesen, wenn sie heute gefahren wären.«

»Sitzt du so gern mit Kanadiern in einem offenen Lastwagen?«

»Einer der Männer hat mir ein paar Schokoladenriegel gegeben. Er hieß Roy. Kam mir nett vor. Lustige Augen …«

»Nur zu!«

»Was meinst du damit?«

»Nix.« Sie trat nach dem Gras, als ob es ihr im Weg wäre. »Du denkst bestimmt, ich hätte es eilig? Na, dann hast du dich geirrt. Ich wäre gern noch eine Weile in Aalten geblieben. Da war ich, zwei Jahre lang. Aber irgendwann mal musste ich doch weg.« Sie sprach schnell, in einem scharfen, streitsüchtigen Ton. Wenn wir noch eine halbe Stunde warten mussten, würde ich ihr ganzes Leben kennen. Ich wollte weiter.

»Nach Amsterdam zurückgehen«, sagte sie, »ich habe eigentlich nie an etwas anderes gedacht.« Sie hielt noch immer den Arm vor ihre Augen. So war es, als ob sie im Schlaf spräche, einen Moment klang es unkontrolliert. »Du darfst nicht vergessen, dass ich die ganze Zeit keinen Fuß vor die Tür gesetzt habe. Es war ein ganz kleines Kämmerchen mit schrägen Wänden. Die erdrücken dich mit der Zeit, sie kommen immer näher auf dich zu. Am Anfang habe ich viel gelesen, Gutes und Schund, alles, aber als es immer länger dauerte, konnte ich nur noch warten. Oft blieb ich den ganzen Tag im Bett. Oh Gott, ist mir heiß.« Sie legte sich ihr Kopftuch aufs Gesicht.

»In den letzten Monaten bin ich einfach rausgegangen.« Ich sagte es leise, mehr zu mir. Sie reagierte nicht. Ich betrachtete ihr kantiges, aggressives Kinn, das ein Eigenleben bekam, nachdem der Rest ihres Gesichts bedeckt war.

»Ja, du hast bestimmt keine großen Probleme gehabt.« Sie richtete sich langsam auf und stützte sich auf die Ellenbogen. Sie sah mich fast feindselig an.

»Bei mir ging so was nicht, das kannst du dir ja denken.«

Ich öffnete meinen Koffer, holte die Brottüte heraus, gab ihr ein belegtes Brot und nahm selbst eins.

»Hast du vielleicht was zu trinken dabei?« Ich hatte eine Flasche aus ihrem Rucksack ragen sehen. Es war Tee, echter Tee.

»Wo ich untergebracht war, hatten sie alles. Von den Amerikanern. Hast du noch deine Familie?«

»Nein. Ich habe einen Freund in Amsterdam. Dorthin gehe ich.«

»Ich gehe nach Palästina. Anscheinend kann man über Marseille hinkommen, mit einem Frachter. Natürlich illegal. Aber zuerst will ich noch eine Weile in Amsterdam bleiben.«

»Mach dir keine großen Hoffnungen.« Ich schob ihr die Brottüte zu. Sie nahm noch eine Schnitte. Wie abwesend saß sie da und kaute.

»In Aalten haben sie gesagt, ich soll es sein lassen. Ja wirklich, sehr einfühlsam. Aber sie verstehen es nicht. Ich will einfach sehen, wo wir gewohnt haben, ich will mir das alte Viertel ansehn.«

»Es ist viel kaputt, überall wurde alles herausgerissen und zu Brennholz gemacht. Das hast du doch bestimmt gehört? Wir haben das auch getan. Uns blieb nichts anderes übrig.«

An einem Tag im Hungerwinter sind alle, die sich im Haus neben uns versteckt hielten, aufgebrochen, um zu versuchen, über die großen Flüsse ins befreite Gebiet zu kommen. Mark macht den Vorschlag, sich dort mit den anderen, die noch über uns wohnen, einmal umzusehen. Früher hat da ein NSBler gelebt. Er verschwindet irgendwann ’44, dient in Overijssel bei der Landwacht, wird erschossen, als er einen Mann aus dem Widerstand verhaften will. Seine Frau lässt die Einrichtung abholen. Es ist sogar ein Flügel dabei und ein Panzerschrank. Als sich herausstellt, dass das Haus unbewohnt bleibt, wird es vom Widerstand besetzt. Zwei Monate vor dem Dolle Dinsdag wimmelt es dort nur so von Leuten, die untergetaucht sind, meist Studenten.

Ich klettere als letzte die Feuerleiter hinunter, laufe über ein Flachdach mit Oberlicht und gelange über einen Kohlenschuppen in den Innenhof. Es ist ein Herrenhaus mit runden Eichentreppen, Marmorfluren, Stuck an den Decken und hohen Vertäfelungen. Drei Stockwerke, plus ein Hinterhaus, und alles aus Holz, sogar die Zwischenwände. »Wir müssen nicht mehr in der Kälte sitzen«, ruft Mark. Die Schrankbretter sind als erstes dran. Als keine mehr da sind, werden die Türen aus den Angeln gehoben. Danach stemmen wir die Vertäfelungen – mit vergoldeten Füllungen – heraus, die Sockelleisten, die Zwischenwände und die Trennwände auf dem Dachboden. In der Nacht hieven wir das Holz nach oben. Um die Zeit, als wir die Fußböden herausbrechen, bekommt das Viertel, wo schon alles kahlgeräumt ist, Wind davon. Männer mit Kuhfüßen und Bundsägen schleppen alles weg, was wir übriggelassen haben. Selbst die Tragbalken werden abtransportiert. Sie reißen das ganze Hinterhaus ab. Wir können von oben aus durchschauen, bis ins Parterre.

Ich sagte ihr, dass es allen leerstehenden Häusern so ergangen ist. Ich wollte sie warnen, sie auf das vorbereiten, was sie sehen würde. Aber sie hörte mir nicht zu.

»Ich hoffe, wir sind vor der Dunkelheit da. Ich kann es mir kaum vorstellen, dass ich dort wieder herumlaufen kann. Warte, ich habe noch zwei Zigaretten.« Es waren Selbstgedrehte, in der Mitte dick, dünn an den Enden. »Eigenbau, nicht schlecht.«

»Wie heißt du?«

»Yona.« Sie pflückte ein paar Butterblumen und legte sich wieder hin. Sie blies den Rauch durch die Nase und streichelte mit den Blumen über ihr Gesicht. »Dieser Freund von dir, lebst du mit ihm zusammen?« Sie fragte es mit geschlossenen Augen.

»Ja.«

Das abgetrennte Kämmerchen gibt es nicht lange. Wir reißen die Wände ein und verheizen die Stangen und die dicke Pappe im Notofen – damals weiß noch kein Mensch, dass es direkt neben uns einen riesigen Holzvorrat gibt. Ich kann nicht behaupten, dass es mit Verliebtheit angefangen hätte. Aber wir sind Tag und Nacht zusammen. Nur ich gehe selten aus dem Haus. Karel hat mir einen guten Ausweis besorgt, ich bin offiziell gemeldet. Mark kann nicht raus, er wird gesucht. Ich schlage ihm vor, zusammen in dem Bett zu schlafen. Ich sage es nicht nur, weil ich an allem merke, dass auch er daran denkt. Ich will ihm zuvorkommen. In den letzten Jahren haben immer andere für mich gehandelt. Jetzt will ich die Initiative ergreifen.

Das große Bettgestell wird ein Haus im Haus. Es ist das erste, was man sieht, wenn man hereinkommt. Es steht an der Rückwand, gegenüber der Tür, neben dem Fenster mit der Feuerleiter, das wegen der Ratten nachts nie offenbleiben kann. Wenn ich im Bett liege und Mark sich noch auszieht, sehe ich sie auf der Fensterbank hin- und herhuschen. Vor Schreck vergesse ich, mich über die Pedanterie zu ärgern, mit der er seine Kleider weghängt, Bügelfalten in seine alte Hose presst, seine Schuhe nebeneinander stellt. Er arbeitet ein Programm ab. Er liest meinen BH oder meinen Pullover vom Boden auf; er nimmt die Kippen aus dem Aschenbecher und steckt sie in eine kleine Schachtel;

er geht in die Küche, um Wasser zu trinken. Und wenn er endlich zu mir kommt, versuche ich, nicht an die Ratte zu denken, die ins Zimmer späht, den Kopf in ständiger Bewegung.

»Ich habe auch einen Freund«, sagte Yona. »Wir waren zusammen auf der HBS und haben gleichzeitig Abitur gemacht. Er ist oft zu uns nach Hause gekommen. Ich hatte ein Zimmer oben, nach vorn raus. Ich konnte fast über die Bäume an der Gracht sehen. Es war ein großes Zimmer. Das ganze Haus war groß. Als Kind bin ich anscheinend mit dem Rädchen durch den Flur gefahren. Meine Eltern gingen abends oft aus. Sie fanden es in Ordnung, dass wir auf meinem Zimmer weiterarbeiteten. Was man so arbeiten nennt. Leo war ziemlich heißer Typ. Knapp drei Monate vor dem Krieg ist er nach Amerika gegangen.« Sie streichelte ihre Wangen noch einmal mit den Blumen. »Es dauert lang.« Sie hob den Kopf. »Wir sitzen doch nicht an der falschen Straße?«

»Wir sind richtig«, sagte ich. Aber allmählich fragte ich mich auch, ob wir jemals noch weiterkommen. Wenn sie nicht da wäre, würde ich vielleicht laufen, notfalls nach Zwolle zurück. Wäre sie doch endlich still, würde sie nur einschlafen. Sie will alles bei mir loswerden, weil sie weiß, dass wir uns doch in ein paar Stunden trennen. Ich wünschte, sie hätte noch eine Zigarette. Ich stand auf und reckte mich. Mein Rock war zerknittert und schmutzig, die Bluse klebte mir am Rücken. Zum x-ten Mal spähte ich die Straße entlang.

Sobald wir im Zentrum waren, schulterte Yona ihren Rucksack und klopfte an die Scheibe der Fahrerkabine. Wir hatten viel Zeit verloren, weil der Lastwagen, der uns von unserem Warteplatz hinter Zwolle mitgenommen hatte, alle möglichen kleinen Orte anfahren musste und einen Abstecher nach dem anderen machte. Wir saßen hinten, auf Kisten. Yona hatte sich das Knie aufgeschürft, als sie sich über die Heckklappe hochzog. Ich hatte es nicht bemerkt, weil ich damit beschäftigt war, Sitzplätze für uns zu improvisieren.

»Was hast du?«, fragte ich.

»Verdammt«, rief sie, »ich bin nicht so gelenkig wie du. Du hast doch gehört, dass ich die ganze Zeit auf einer Art Spitzboden eingesperrt war.« Sie band sich ein Taschentuch ums Knie. »Nur ein Schritt von der Tür zum Bett. Glaubst du vielleicht, ich hätte Zimmergymnastik gemacht?«

Ich dachte an die Feuerleiter, die ich fast täglich hinauf- und hinuntergeklettert war. Am Ende konnte ich es einhändig.

»Hast du eine Adresse in Amsterdam, wo du hin kannst?« Ich erwartete zu hören, dass mich das nichts anginge, aber sie schien mich nicht wahrzunehmen. Das Auto donnerte über eine Straße, wo man gerade die Sperren weggeräumt hatte.

»Weißt du«, sagte sie, »dass ich zuerst nicht wusste, wo ich war?« Ihre Stimme klang mit einem Mal viel weniger scharf. »Ich wusste nur, dass es ein niedriges Haus mit einem kleinen Dachfenster über der Hintertür war. ›Du wohnst nicht hier‹, sagte die Hauswirtin. Sie trug immer eine blaugestreifte Schürze. ›Aber ich bin doch hier‹, sagte ich. ›Nein‹, sagte sie, ›du musst dir merken, dass du nicht hier bist, du bist nirgends.‹ Sie sagte es nicht unfreundlich, sie meinte es gut mit mir. Aber es blieb bei mir hängen: Du bist nirgends. Auf die Dauer beginnst du es selbst zu glauben oder an dir zu zweifeln. Ich saß manchmal eine ganze Weile da und betrachtete meine Hände. Einen Spiegel gab es nicht, und das Dachfenster hatten sie zugetüncht. Nur wenn ich meine Hände betrachtete, erkannte ich mich, bewies ich mir, dass es mich noch gab.«

»Ist denn nie einer zu dir gekommen?«

»Doch, am Anfang. Aber ich hatte keine Lust zum Reden. Das merkten sie schnell genug. Gelegentlich ließen sie mich abends schon nach unten kommen, wenn die Fenster verdunkelt und Vorder- und Hintertür verriegelt waren. Ich hatte nicht das Gefühl, dass es etwas Besonderes war. Später habe ich es sogar gehasst. Ich sah, dass sie Todesängste ausstanden, wenn ich im Zimmer saß. Sie lauerten auf jedes Geräusch von draußen. Ich sagte, dass ich lieber oben bleibe; dass ich ihnen kein Risiko zumuten will. Man gewöhnt sich auch an einen Hängeboden. Zumindest gehörte er mir, es war mein Hängeboden.«

Beim Reden hatte sie sich umgedreht, sie wandte mir halb den Rücken zu. Ich musste mich zu ihr hinbeugen, um die letzten Worte zu verstehen. Das Tuch war ihr vom Kopf gerutscht. Ihre Haare flatterten mir ins Gesicht.

Als wir kurz vor Amsterdam waren, erzählte sie von ihrem Vater, mit dem sie jede Woche ins Concertgebouw ging, lange Spaziergänge machte und in kleinen Teestuben Kuchen aß. Sie sprach von ihm wie von einem Freund. Und wieder musste ich mir Einzelheiten über das Haus anhören. Sie ging mit mir durch die Zimmer und Flure, sie zeigte mir den Innenhof, den Keller mit den Weinregalen, den Dachboden mit dem altmodischen Flaschenzug. Ich kannte es, als hätte ich selbst dort gewohnt. Wo sie heute Nacht wohl schlief?

»Wenn du willst, kannst du mit zu mir kommen«, sagte ich.

»Ich habe bestimmt keine Zeit. Ich habe so viel zu tun. Irgendwo steht auch noch ein Koffer von mir. Ich weiß nicht mehr, was ich damals hineingepackt habe.«

Wir fuhren über die Berlagebrug. Es war noch hell. Sie hatte während der letzten Kilometer geschwiegen und mit aufgestütztem Kinn dagesessen. »Zuid«, sagte sie jetzt, »hier hat sich natürlich nichts verändert.« Ich schrieb meine Adresse auf einen Zettel und gab ihn ihr. Ohne ihn anzusehen, steckte sie ihn in die Tasche ihres Khakihemds.

»Du musst mal kommen«, rief ich ihr nach, als sie an der Ceintuurbaan ausgestiegen war. Sie lief davon, ohne sich umzusehen, die Hände an den Rucksackriemen, vornübergebeugt, als ob Steine drin wären. Ich verlor sie aus den Augen, weil ich zu einer Straßenbahn sah, die aus der Ferdinand Bolstraat kam. Die Tram fuhr wieder! Am Bügel hingen kleine Fähnchen. Überall hingen Fahnen und Fotos der Königin und orangerote Draperien. Ganz Amsterdam schien unterwegs zu sein. Es war der letzte Abend der Befreiungsfeiern.

Der Fahrer setzte mich am Rokin ab. Ich hatte es nicht mehr weit. Wenn ich schnell ging, konnte ich in fünf Minuten da sein. Die Tür stand meist offen – das Schloss war kaputt –, für die drei Stockwerke brauchte man keine halbe Minute. Ich konnte meinen Koffer unten stehen lassen.

Die Menschenreihen nahmen die ganze Straßenbreite ein. Die meisten trugen orangerote Kokarden oder rot-weiß-blaue Schleifen. Es gab viele Kinder mit Papiermützen, Fähnchen und Tröten. Zwei Harmonikaspieler und ein Saxophonist in Volendamer Tracht ließen sich, weit voneinander entfernt, im Strom mittreiben. Ich versuchte, mir möglichst schnell einen Weg durch die Menge zu bahnen. Ich stieß gegen ein Kind, das sein Fähnchen fallen ließ, das sofort zertreten zu werden drohte. Mit meinem Koffer verschaffte ich mir Platz, hob das Fähnchen auf und drückte es dem Kind in die Hand. Aus einer Kneipe in der Damstraat drang Jazzmusik. Die Tür stand offen. Männer und Frauen saßen an der Bar, die Arme umeinandergeschlungen; ihre Körper zuckten. Im Schaufenster einer Bäckerei lagen nur noch ein paar Brotkrumen. Hier war noch mehr Betrieb. An der Ecke von Oudezijds Voor- und Achterburgwal standen Kanadier in Grüppchen beisammen, belagert von Huren, Schwarzhändlern und Kippensammlern.

Von Befreiungsstimmung hatte ich in dem friesischen Dorf nicht viel gemerkt. Die Frau, bei der ich wohnte, buk ihr eigenes Brot; das hatte sie den ganzen Krieg getan, nun machte sie einfach damit weiter. Wenn ich in der Küche mit ihr allein war, fragte sie mich mit gierigem Interesse nach meinen Erfahrungen im Hungerwinter aus. Sie wollte alles über die Kirche mit den Leichen wissen, die Männern mit den Ratschen, die Ödemkranken auf den Treppen des Königspalastes und über die ausgemergelten Kinder, die mit ihren kleinen Töpfen zur Garküche gingen. Ich erzählte es ihr bis ins kleinste Detail. Über das gefilterte Fett, von dem wir Durchfall bekamen, die fauligen Moorkartoffeln, das Brot, das wie nasser Ton war; über die Schwären und offenen Beine. Mir schien es eine Möglichkeit, ihr etwas zurückzugeben.

Endlich war ich an der Brücke. Ich betrachtete das Haus mit den großen Fensterflächen und der schmutzigen Tür. Das Haus daneben mit der hohen Eingangstreppe und dem Halsgiebel. Die Fenster waren zugemauert. Dahinter türmte sich der Schutt hoch auf. Es gab nur noch kahle Wände. Ich stellte meinen Koffer ab, um die Hand zu wechseln. Es war, als würde ich erst jetzt spüren, wie hungrig ich war, wie steif meine Knie vom stundenlangen Sitzen auf der Kiste waren. Die Häuser hatten etwas, das mir fremd vorkam, als wäre ich Jahre weggewesen. Aber vielleicht war ich bisher noch nie auf der Brücke stehengeblieben, hatte sie noch nie aus diesem Blickwinkel betrachtet. Die Schute lag noch da. Hinter den runden Fensterchen brannte eine Petroleumlampe.

Unsere Haustür war zu. Offenbar war das Schloss inzwischen repariert worden. Ich musste irgendwoher einen Schlüssel haben. Ich wollte nicht klingeln. Ich hatte noch nie darauf geachtet, wie dunkel das Treppenhaus war, wenn man die Haustür hinter sich schloss. Ohne nachzudenken, griff ich zum Geländer, schürfte mir die Hand an der rauen Wand auf. »Das Holz ist schön weich«, hatte Mark gesagt, als er den Handlauf zersägte, »mit einem scharfen Messer lässt es sich leicht schneiden.« Die Stufen der obersten Treppe knirschten, als ob Sand darauf läge. Mit meinem Koffer drückte ich die Tür auf.

Auf dem Bett lag eine schwarze Handtasche. Eine Ledertasche mit einer Messingschließe. Wer hatte jetzt noch so eine Tasche? Das Leder war weich und glatt, nur unten hatte es ein paar Falten. Ich ging zum Tisch, der voller Flaschen und Gläser stand. Auf einem der Aschenbecher sah ich eine lange Kippe liegen. Die Zigarette musste vorsichtig ausgedrückt worden sein. Danach war der verkohlte Tabak abgeknipst worden. Auf dem Fußboden fand ich die leere Schachtel. *Sweet Caporal*. Der Diwan war mit Zeitungen übersät. Eisenhower im Auto stehend. Montgomery im Auto stehend. Neue Bailey-Brücke in Rekordzeit gebaut.

In der Küche musste ich in dem hochaufgestapelten Geschirr nach einer Tasse suchen. Ich spülte sie gründlich, bevor ich daraus trank. Ich fühlte das Wasser in meinen Magen sinken, es gluckerte, als fiele es in einen glatten, kalten Hohlraum. Die Turmuhr schlug halb. Es machte das Haus noch stiller. Auch in den anderen Stockwerken schien niemand da zu sein. Halb zehn? Es wurde jetzt rasch dunkel. Unter den paar Bäumen, die jetzt noch an der Gracht standen, war bereits Nacht. Ich öffnete ein Fenster und lehnte mich hinaus. Auf der anderen Seite schwankten ein Mann und eine Frau den Gehsteig entlang. Sie hielten sich fest untergehakt. Manchmal preschten sie unvermittelt ein paar Meter voran, fanden dann allmählich wieder das Gleichgewicht und starteten einen neuen Versuch. Der Neun-Uhr-Mann ging auch immer dort. Nach der Befreiung hatte ich ihn nicht mehr gehört.

»Sei mal still«, sage ich zu Mark. Es ist kurz vor neun. Ich puste die Lampe aus und schiebe das Verdunkelungspapier nach oben. »Was machst du da?«, fragt er. »Hörst du denn nichts?«, sage ich. Wir lauschen beide am offenen Fenster. Eine Männerstimme ruft etwas. Es ist zu dunkel, um die gegenüberliegende Seite zu sehen, doch das Rufen kommt eindeutig von dort und bewegt sich Richtung Hoogstraat. Der Mann ruft pausenlos, so laut er kann, als wolle er die Belastbarkeit seiner Lungen bis zum Äußersten erproben. Seitdem kommt er jeden Abend um dieselbe Zeit vorbei. Was er ruft, können wir nicht verstehen. Vielleicht stößt er nur Laute aus. Aus Protest, oder einfach weil er lebt. Anfangs hört Mark mit zu. Später sagt er: »Ach, der wieder, lass ihn doch.« Aber ich warte jeden Abend auf ihn. Manchmal, bei hellem Mond, sehe ich seinen Schatten. Er legt den Kopf zurück und ruft.

Ich beugte mich weiter aus dem Fenster. Jemand kam über die Brücke. Es konnte Mark sein; er ging genauso, den Oberkörper nach vorn, wie jemand, der gegen den Wind ankämpft.

Am Abend vor der Befreiung sehe ich das zum ersten Mal. Karel kommt die Treppe heraufgerannt. »Sie kapitulieren!«, ruft er. »Es ist vorbei!« Auf seinem BS-Posten haben sie die Nachricht bekommen. »Ich geh mal wieder«, sagt er. »Es ist gut möglich, dass hier noch gekämpft wird. Ich hoffe es wenigstens.« Wir gehen mit ihm aus dem Haus.

»Ich war mit dir noch nie draußen unterwegs.« Ich hänge mich bei Mark ein. Karel ist uns Richtung Amstel vorausgerannt.

»Du siehst hier anders aus.«

»Wie anders?«

»Du wirkst kleiner.«

»Und du bist noch viel blasser, als ich dachte.«

»Geht wieder vorbei.«

»Ist doch komisch, dass wir keinem begegnen.«

Es ist nach neun, gut eine Stunde nach Sperrzeit. Man hat den Eindruck, dass es noch niemand weiß oder wir die einzigen sind, die sich aus dem Haus wagen. Die Holzsohlen meiner Sandalen klappern auf dem Asphalt. Irgendwo wird ein Fenster hochgeschoben. Wir rufen, dass die Deutschen kapitulieren, dass Frieden ist. Nun werden noch mehr Fenster geöffnet. Ein Mann stellt sich zögernd an seine Haustür. »Passt bloß auf«, sagt er.

Wir gehen über die Brücke an der Staalstraat. In der Doelenstraat begegnen wir einer Gruppe Leute. Vorneweg läuft ein Mann und schwenkt eine große Glocke. Ein anderer hat eine rot-weiß-blaue Kokarde auf der Jacke. Wir lachen und rufen uns zu. Bei De Munt ist kein Mensch zu sehen. Erst als wir den Platz überqueren, kommen drei junge Männer aus der Kalverstraat gerannt. Dann hören wir Schüsse. In der Vijzelstraat rattert eine Maschinenpistole. »Die SS!«, schreit jemand. »Nix wie weg!« Während das Schießen anhält, rennen wir zurück in die Doelenstraat.

»Karel behält noch recht«, keucht Mark, »offenbar ergeben sie sich nicht ohne weiteres.«

An der Gracht werden die Fenster geschlossen. Die paar Leute, die sich doch aus dem Haus gewagt haben, machen sich aus dem Staub. Auf dem engen Treppenabsatz stehen wir, eng umschlungen, atemlos.

Wieder ging jemand über die Brücke. Es waren vielleicht fünfzig Schritte bis zu unserer Haustür. Auf der Schute stieg ein Mann aus der Luke und ließ sie laut zufallen. Die Frau hatte wieder einen Kunden gehabt. »Eine vielberittene Hure«, laut Mark. Vielleicht waren es doch mehr als fünfzig Schritte. Vielleicht sollte ich bis hundert zählen.

Irgendetwas weckte mich. Ich streckte die Beine, mein Rücken schmerzte von den Dielen, auf denen ich eingeschlafen war. Die Klingel läutete. Es war zu dunkel, um von oben zu erkennen, wer unten stand. Ich zog am Türseil, doch es tat sich nichts. Als es wieder klingelte, lief ich nach unten. Vor dem Haus stand ein Polizist. Er nannte meinen Namen.

»Ja, das bin ich.«

»Schauen Sie mal.« Der Polizist knipste eine Taschenlampe an und beleuchtete einen Zettel. »Das ist doch Ihre Adresse?«

Ich betrachtete das Blatt. Es war zerknittert und die Schrift fast unleserlich, halb ausgelöscht, als ob das Papier nass geworden wäre.

»Das habe ich geschrieben.«

»Wissen Sie, wer ihn bei sich gehabt haben kann?«

»Wer … ja, das Mädchen mit dem Rucksack.«

»Stimmt«, sagte der Polizist, »sie hatte einen Rucksack bei sich.«

»Wir sind zusammen getrampt. Ist etwas mit ihr?«

»Sie liegt im Krankenhaus am Weesperplein. Sie ist in die Gracht gefallen. Zum Glück kam gerade jemand vorbei.«

»Wollen Sie, dass ich mitkomme?«

Der Polizist nickte. »Man hat nur diesen Zettel in ihrer Tasche gefunden. Man weiß noch nicht, wie sie heißt und ob sie Verwandte hat, die benachrichtigt werden müssen.«

»Sie heißt Yona. Mehr weiß ich auch nicht. Einen Augenblick, ich komme gleich mit.«

Ich hatte oben noch kein Licht angemacht, die Öllampe war nicht zu finden. Ein Stuhl, gegen den ich lief, fiel mit einem Knall um. Eigentlich sollte ich eine Nachricht für Mark dalassen. Vielleicht kam er ja inzwischen nach Hause. Aber ich konnte den Polizisten nicht zu lange warten lassen. Durch Tasten fand ich meinen Koffer, nahm eine Strickweste heraus und zog sie auf dem Weg nach unten an.

Sie drehte den Kopf weg, als ich ins Zimmer kam. Über ihrem rechten Auge klebte ein Pflaster, ihre Lippen waren geschwollen, und ihr Haar lag strähnig auf dem Kissen. Ich bekam einen ganz trockenen Mund. Meine Mundwinkel taten weh, und ich dachte: Geht dieser Tag denn nie zu Ende?

»Wie geht es dir?«, fragte ich.

In dem Raum gab es außer dem Bett und dem Nachttisch nur einen Stuhl. Eine Sparlampe brannte. Sie bewegte den Kopf, als ob sie etwas sagen wollte, es sich aber anders überlegte. Jetzt sah ich auch den Verband um ihren Arm. Die Schwester hatte mir im Gang gesagt, dass sie sich an einem eisernen Gegenstand unter Wasser verletzt habe. »In den Grachten liegt so viel Krempel, die Leute werfen alles rein, was sie los sein wollen.«

Ich setzte mich auf den Stuhl neben dem Bett. Ich konnte nicht noch einmal fragen, wie sie sich fühlte. Plötzlich begann sie zu sprechen, wieder mit geschlossenen Augen.

»Ich habe durch den Briefschlitz geschaut.« Sie nuschelte. »Wenn ich früher die Tür nicht aufbekam, habe ich gegen die Briefkastenklappe gedrückt und das Türseil rangezogen. Da war nichts mehr. Nichts als ein großes, kaltes Loch. Ich war zuerst nur ein bisschen in der Gegend herumgelaufen, durch andere Viertel. Ich habe es so lang wie möglich aufgeschoben. Erst als es ganz dunkel war, bin ich hingegangen. Zunächst dachte ich an nichts Böses. Von weitem wirkte es so, als sei es noch da.« Sie drehte mir den Kopf zu und betrachtete mich, als sähe sie mich zum ersten Mal. »Was suchst du hier? Wie bist du hergekommen?«

»Sie haben den Zettel gefunden, den ich dir heute Nachmittag gegeben habe.«

»Sie wühlen einem also auch schon die Taschen durch.«

»Ich komme dich morgen wieder besuchen.« Ich wollte aufstehen.

Sie schüttelte den Kopf. »Bleib noch kurz. Oder willst du lieber nach Hause? Es ist schon sehr spät.«

»Ich habe keine Ahnung, wie spät es ist.«

»Und wie läuft's mit deinem Freund?«

»Gut.«

»Sie haben dich bestimmt gefragt, ob ich noch Verwandte habe.«

»Ja.«

»Was hast du gesagt?«

»Ich sagte, dass ich es nicht weiß.«

»Und was noch? Wollten sie wissen, wo ich hergekommen bin?«

»Nein.«

»Ob du mich gut kennst?«

»Das fragen sie immer.«

»Und was hast du gesagt?«

»Ich sagte: Sie heißt Yona, mehr weiß ich auch nicht.«

»Mehr nicht?«

»Nein.«

»Das hab ich mir gedacht.« Mit dem heilen Arm schlug sie auf die Decke.

»Was hätte ich sonst sagen sollen?«

»Ach …«

»Du hättest zu mir kommen können. Du hattest meine Adresse, ich habe sie dir auf den Zettel geschrieben. Ich wette, dass du ihn dir nicht einmal angesehen hast. Als wir hier ankamen, habe ich gefragt, ob du mitkommen willst. Ich habe dir noch nachgerufen.«

Sie gab keine Antwort. Sie richtete sich auf, nahm einen Schluck Wasser und fuhr sich mit der Zunge über die Lippen. Ich tat es auch, meine Mundwinkel waren eingerissen, sie taten weh, wenn ich die Kiefer bewegte. Ich nahm ihr Glas entgegen und trank.

Lange sah sie mich an, bevor sie sagte: »Ich hatte nichts zu tun. Ja … meinen Koffer abholen. Aber er war nicht da, den hatten sie woanders hingebracht. Aus Angst vor Judenhabe. Das Haus gab es auch nicht mehr. Die Tür war zugenagelt. Ich konnte es fühlen.

Wie kann nur eine Fassade stehenbleiben, wenn dahinter nichts mehr ist, dachte ich. Es ist eine Art Täuschung. Als hätte dir jemand das Gefühl einreden wollen, sie hätten auch nur von irgendetwas ihre Pfoten gelassen. Überleg doch mal: Da steht es, dein Haus. Aber ein Schlag mit der Abrissbirne genügt, und es fällt in sich zusammen. Dann bin ich zum Haus meiner Tante gegangen. Sie hat in der Nähe gewohnt. Es hatte keine Fenster mehr, keine Türen, die Eingangstreppe lag in Trümmern. Ich habe sie früher oft besucht. Sie spielte Klavier. Sie hatte kleine weiße Hände, und sie trug immer Armreifen, die klingelten, wenn sie spielte.« Sie hielt kurz inne und zupfte am Bettlaken. »Ich habe mich gefragt, wo das Klavier wohl ist. Verrückt, dass man in so einem Augenblick daran denkt. Was ist schon ein Klavier? Ich verstehe immer noch nicht, wie es passiert ist. Ich kenne die Gegend. Es war natürlich schon sehr dunkel. Und ich sehe auch viel schlechter. Auf dem Spitzboden trug ich nie meine Brille. Es war nicht nötig. Vielleicht sollte ich sie jetzt besser wieder aufsetzen. Ich denke, dass ich gestolpert oder ausgerutscht bin.« Sie zuckte mit den Schultern und fuhr sich mit den Fingern durch ihre Haare, sie zerrte daran.

Es war also ein Unfall. Ich hatte sie schon unterwegs zwinkern sehen. Aber sie hatte gesagt, sie sei die Sonne nicht mehr gewöhnt. Ich wusste nicht mehr, was ich glauben sollte.

»Findet dein Freund es nicht schlimm, dass du so lange wegbleibst?«

Sie hatte sich wieder hingelegt.

»Nein.«

»Nein. Was hast du denn gesagt?«

Ich schwieg.

»Wart ihr im Bett?«

Ich sah auf die Decke, die sich über ihren Knien bewegte. Es war eine graue, in der Mitte sorgfältig mit einem helleren Stoff ausgebessert.

»Hattest du keine Gelegenheit, darüber zu reden?«

»Jetzt hör mal zu, Yona, ich bin nicht hergekommen …«

»Ich weiß schon, ich frage ja nur.« Sie tastete nach dem Pflaster über ihrem Auge. »Es sticht. Ich habe mich die paar Stunden schlafend gestellt. Ich hatte keine Lust, Rede und Antwort zu stehen, ich hatte keine Lust, zu reden. Jetzt schon, mit dir. Hast du das Fensterchen gesehen? Wie in einer Zelle.« Hoch oben in der Wand mir gegenüber gab es ein kleines Milchglasfenster. Offenbar war es ein Raum nur für Notfälle. »Länger als zwei Tage halte ich es hier nicht aus. Übrigens, so schlimm ist es gar nicht. Mein linkes Bein ist auch verbunden, aber es sind nur Fleischwunden. Ich hasse kleine Räume und lande doch immer wieder genau dort. Wie in dieser Kajüte. Vor dem Krieg durfte ich einmal mit Freunden segeln. Ich schlief im Vorschiff oder wie man das nennt. Beim Reingehen musste ich mich bücken, mich in der Hocke ausziehen. Wenn ich die Hand ausstreckte oder mich hinkniete, spürte ich die Wände wie in einem Sarg, als ob sie mich unter Wasser begraben hätten.« Sie schob die Decke ein wenig von sich. Sie trug ein Krankenhausnachthemd, was sie mehr zur Kranken machte als der verbundene Arm.

Im Gang schlurfte jemand vorbei.

»Hätten sie mich doch dort gelassen.«

»Du hast jetzt leicht reden.«

»Es ist mein Ernst.« Ihr Gesicht näherte sich mir, ihre Augen wirkten plötzlich größer.

Ich fragte mich, was ich hier eigentlich tat, warum ich ihr weiter zuhörte. Mark war jetzt bestimmt zuhause. Aber sie hielt mich fest, zog mich mit, konfrontierte mich mit etwas, dem ich aus dem Weg gehen wollte. Ich suchte nach Worten, um mich zu verteidigen, und sagte: »Wir sind durchgekommen.«

»Na und?«

»Das bedeutet doch was. Nenn es meinetwegen Fügung.«

»Hör auf! Es war reiner Zufall.«

»Gut; nenn es Zufall oder wie du willst. Aber es ist eine Tatsache. Ich sage nicht: Lass uns froh sein. Ich sage: Lass uns so tun, als ob.«

»Nein. Aber du bist ja fein raus.«

»Was weißt du schon von mir?«

»So gut wie nichts. Aber genug, um zu fühlen, dass du es leichter hast.«

»Du täuscht dich, wenn du glaubst, es wäre für mich leichter als für dich. Warum versuchst du nicht einzusehen, dass wir beide am selben Punkt angelangt sind? Wir sind da, dagegen lässt sich nichts tun, und wir müssen weitermachen.« Ich konnte es nicht. Es klang wie die abgedroschenen Phrasen eines Pfarrers zum Sendeschluss.

»Ach Unsinn. Wenn ich an meinen Vater denke – sein Leben lang hat er dagestanden und gebetet, hat sich nach Osten verneigt. Und wozu? Was hatte es für einen Sinn? Was hat das alles für einen Sinn?«

»Es war seine Überzeugung.«

»Er weiß es jetzt besser. Er weiß nichts. Das läuft aufs Gleiche hinaus.«

»Aber es hat ihm doch Halt gegeben, er hat das Kaddisch gesprochen und ...« Altes Waschweib, dachte ich. Es war lächerlich.

»Mit oder ohne Kaddisch, es hat ihm nicht geholfen. Ihm nicht, und all den anderen nicht.« Auf ihren Wangen zeigten sich jetzt rote Flecken. Ihr Gesicht war eckig, wegen der kantigen Jochbeine und des kantigen Kinns.

»Du«, sagte sie, »du hast Angst!«

»Du etwa nicht?«

»Lass uns damit aufhören.« Sie sagte es leise. Hinter mir öffnete sich die Tür. »Geh wieder zu deinem Freund. Wie heißt er?«

»Mark.« Ich stand auf. Ich fühlte mich zu müde für ein aufmunterndes Wort.

»Sie muss jetzt schlafen«, sagte die Nachtschwester. »Sie sind schon viel zu lange bei ihr.« Sie hatte ein braunes Fläschchen in der Hand.

Meine Schritte hallten laut durch die leeren Straßen. In den Rinnsteinen lagen vom Wind zusammengewehte Luftschlangen. Ich trat auf eine Papiertröte. Oben in einem Haus hörte man ein Kind weinen. Zwei Kanadier mit weißen Helmen und weißen Armbinden kamen aus einer Seitenstraße.

»Hello«, sagten sie. Sie blieben stehen und warteten auf dem schmalen Gehsteig.

»Hello«, sagte ich. Ich ging schnell an ihnen vorbei. Ich konnte nicht sehen, ob sie kauten oder lachten. Vielleicht beides. Morgen würde ich noch einmal zu Yona gehen. Wenn sie wollte, konnte sie zu uns kommen. Mark wäre bestimmt damit einverstanden. Sie konnte den Diwan haben, es war ja nicht für lange. Sie ging nach Palästina; oder vielleicht hatte sie das auch nur dahergesagt?

Er war da gewesen. Auf dem Tisch lag ein Zettel. Ich konnte inzwischen die Dinge im Dunkeln besser erkennen, ich sah die Lampe mit der Streichholzschachtel und daneben den Zettel: »Ich sehe, dass du wieder da bist. Hatte dich heute nicht erwartet. Bin bei Karel, dort wird gefeiert. Komm auch, wenn du noch Lust hast.«

Ich ließ mich auf das Bett fallen und schleuderte die Sandalen von den Füßen. Die Tasche lag nicht mehr da. Ich könnte einfach schlafen und meinen leeren Magen und alles andere vergessen. Es geht nichts über gut essen und trinken. Heute war das am frühen Morgen so gewesen. Das warme Brot, die frische Butter, die Weckgläser im Keller. Bei Karel gab es bestimmt etwas zu essen, und vor allem zu trinken. Es gelang ihm immer, Alkohol zu organisieren. Mark würde da sein. Ich setzte mich auf. Ich musste etwas anderes anziehen, mich zurechtmachen. Ich war braun geworden und ich war nicht mehr so mager. Mark hatte mich noch nie so gesehen. Im Schrank hing noch etwas, das Kleid, das in der Werkstatt meiner Tante genäht worden war. Ich hatte den Stoff aussuchen dürfen, die Ballen vom Brett geholt, sie abgewickelt und mir den Stoff im Spiegel vorgehalten. Das Kleid hatte mich überallhin begleitet. Ab und zu hatte ich es etwas abgeändert. »Du weißt schon«, hatte meine Tante gesagt, »da hast du noch Jahre was davon.«

Hinter den Fenstern des Hauses, in dem Karel wohnte, war schwaches Licht. Die Haustür stand angelehnt. Auf der Treppe hörte ich über mir viele Leute poltern und lachen. Das Grammophon spielte *Nobody's sweetheart now*. Es hörte sich krächzend und ausgeleiert an; einige sangen mit. Die zwei Öllampen im Zimmer schienen auf dem dichten Qualm zu schwimmen. Die meisten Gäste saßen auf dem Boden, andere lagen auf Diwans, in einer Ecke wurde getanzt. Ich trat auf ein Glas. Keiner nahm Notiz. Ich würde über all diese Beine steigen und in all diese Gesichter sehen müssen, um ihn zu finden.

»Hast du nichts?«, fragte ein Mann in Uniform. Er drückte mir ein volles Glas in die Hand. Ich trank es in einem Zug aus; mir schossen die Tränen in die Augen, aber ich hielt ihm das Glas wieder hin und trank erneut. In einer Ecke entdeckte ich Karel. Ich wollte zu ihm, kam aber nicht durch. Er legte den Arm um ein blondes Mädchen. Sie küssten sich. Seine Hand wanderte über ihre Brüste. Jemand blies mir Rauch ins Gesicht.

»Ist Mark da?«, fragte ich den Mann, der mir eingeschenkt hatte.

»Gerade war er noch da. Ich glaube, er ist gegangen.«

»Wohin?«

Er hatte sich bereits umgedreht. Ich zog ihn am Ärmel. Er zuckte mit den Schultern und beugte sich zu jemandem, der auf dem Boden saß. Ich fragte jemand anderen, einen Mann mit verschwitztem Gesicht und tränenden Augen. Ihm fehlte ein Vorderzahn.

»Weißt du auch, wo Mark ist?«

»Ich kenne keinen Mark, Mäuschen. Komm tanzen.« Er legte einen schweren Arm um meine Schultern. Ich schüttelte ihn ab und ging Richtung Flur.

Als ich aus dem Haus trat, wurde es schon ein wenig hell. Ich hörte die Vögel in den Bäumen. Aber es waren keine Bäume, es waren auf halber Höhe gekappte Stämme mit kahlen Armen. Die Vögel hielten sie für Bäume. Ich war nicht mehr schläfrig und auch nicht mehr hungrig. Ich könnte so tun, als ginge ich erst jetzt nach Hause.

Ich stand wieder auf der Brücke und griff nach dem feuchten Eisengeländer. Das Wasser zog, ich hörte es gegen die Ufermauern und die Schute schwappen. Die Fassaden wurden grau. Hinter den Fenstern in unserem Stockwerk war es dunkel. Ich lief zu dem Haus neben uns, stieg die Eingangstreppe hinauf und steckte die Hand durch den Briefschlitz. »Als Kind bin ich manchmal mit dem Rädchen durch den Flur gefahren.« An den Fingerspitzen spürte ich die Kälte, die Kälte eines riesigen Lochs, durch das der Wind blies.

Schnell zog ich meine Hand zurück.

Dienstag,

25. März 1947

Unten im Haus knallte eine Tür zu.

Ich hörte Schritte auf dem Kies, begleitet vom gedämpften Gackern der Hühner. Das Gartentor klapperte, und gleich darauf begannen Frauen durcheinanderzurufen, wobei das melodische Südfranzösisch gegenüber dem zischenden Katalanischen den Kürzeren zog. Vorsichtig hob ich einen Zipfel des Lakens, das über dem Geländer hing, und spähte hinunter. Umringt von Nachbarinnen stand Madame Ponsailler vor dem Gartentor, am Arm einen Korb voller Hühner. Aus dem Korb flockten Federn und blieben an ihrem Rock hängen. Sie drehte sich um und sah in meine Richtung.

»Oui, oui ... le mari ... aujourd'hui ... bien sûr ...«

Die anderen Frauen starrten jetzt ebenfalls zum Balkon. Sie lachten, zogen an ihren schwarzen Umschlagtüchern, bewegten ihre Füße in den schwarzen Espadrilles, stubsten sich mit dem Ellbogen an. Eine magere Frau, die ihre Haar als Zopf auf dem Rücken trug, beugte sich vor und flüsterte etwas. Die Köpfe neigten sich zueinander, wichen wieder ein wenig auseinander, und erneut war Gelächter und ein gedämpfter Sprechchor zu hören, »Le mari ... le mari ... le mari ...« Die Hühner im Korb begannen zu kakeln. Eine der Frauen schlug auf den Korb. Das Umschlagtuch rutschte ihr von den Schultern. Sie trug eine geblümte kurze Jacke, die wegen ihrer schweren Brüste vorn nicht ganz schloss. Zwischen den Knöpfen blitzte ihr weißer Unterrock hervor.

Ich ließ das Bettlaken wieder fallen, wickelte mich in den Bademantel und ging ins Zimmer. Wo ich lief, fielen Mimosenbällchen zu Boden. Während ich in der Sonne lag, hatte ich ein paar Zweige vom Mimosenstrauch abgebrochen, der über dem Balkon hing, und die Bällchen abgeschüttelt. Wegen der Hitze blieben sie an meiner Haut kleben. Ich goss Wasser aus der Kanne ins Lavabo, eine weiße Schüssel mit braunen Sprüngen, und wusch mich mit dem Schwamm. Das Wasser spritzte nach allen Seiten auf das Linoleum. Ich stellte meinen Fuß auf die kleine Matte vor dem Waschtisch und wischte damit über die nassen Spritzer. Langsam zog ich mich an. Ich hatte jede Menge Zeit. Wenn ich wollte, konnte ich mit dem Bus sogar noch hin und zurück nach Port-Vendres, um zu sehen, was Gilbert trieb. Bist du jetzt doch da? Und ich habe gedacht, du kommst nicht mehr? – Es wäre gerade noch zu schaffen, bevor ich zum Bahnhof gehe. Er kommt erst um 12 Uhr 30 an. Und vielleicht ist er auch zu spät. Man weiß ja, der Zug hat manchmal mehr als eine halbe Stunde Verspätung.

In einem kleinen Topf kochte ich Kaffee auf dem Petroleumkocher, den mir Madame Ponsailler ins Zimmer stellte, nachdem ich ihr gesagt hatte, dass ich nicht immer zum Essen ins Dorf ginge. Es wurde mir zu teuer. Ich trank meinen Kaffee auf dem Balkon und aß dazu ein Stück Baguette. Die Frauen waren verschwunden. Auf dem Pfad marschierte eine Gänseschar heran, hinter ihnen kam ein Mädchen in einem weiten blauen Rock und einer blauen Bluse. Sie trug einen Korb mit Orangen. Ihr Schatten fiel kurz und gerade vor ihr auf den Boden und traf ab und zu die hinterste Gans.

Ich bin das erste Mal in Port-Vendres. Der Bus hat mich am Eingang zum kleinen Hafen abgesetzt. Auf einem der Frachter löschen sie gerade eine Ladung Orangen. Das Schiff hat einen verrosteten Aufbau, und die Farbe ist abgeblättert. An Deck schiebt ein Matrose gerade mit einem an einen Stock gebundenen Brett die Früchte zusammen. Sie sind aus einer Kiste gerollt, die sich verselbständigt hatte. Er ruft einem Mann am Kai etwas zu. Der Pullover des Mannes hat fast dieselbe Farbe wie die Orangen. Als er mich kommen sieht, fängt er an zu lachen und bewegt lautlos den Mund. Ich gehe an ihm vorbei. Mein Rücken wird heiß, vom Nacken bis zu den Oberschenkeln spüre ich die Hitze, als ob ich nichts anhätte.

Ich setze mich in eines der kleinen Straßencafés am Hafen. Über dem Kopf des Mannes mit dem orangefarbenen Pulli sehe ich die steinerne Frau von Maillol mit den steinernen Blumen in der Hand. Le monument aux morts de Port-Vendres. Es steht am Ende des Kais. Der Mann bewegt sich langsam auf die Terrasse zu. Er geht, die Hände in den Hosentaschen, seine Beine pendeln, als suche er nach Steinchen zum Wegkicken. Er ist größer als die meisten Männer hier. Seine nackten Füße in den offenen Sandalen sind braun und muskulös, die Füße eines Kletterers. Ich schätze ihn auf an die dreißig.

Er bleibt vor der Terrasse stehen und deutet auf den Stuhl neben mir. Ich nicke. Das eiserne Tischchen zwischen uns kippelt, als er die Arme darauf legt. Rostschuppen bleiben an seinem Pullover hängen. »Vous-êtes Italienne, je pense?«

Er kann die Liste abarbeiten, ich habe es schon öfter gehört. Sobald ich nein gesagt habe, versuchen sie es weiter oben im Norden.

»Anglaise …« Er zögert. »Non.«

»Danoise, Belge …« Er unterstreicht seine Aufzählung mit einer Handbewegung, als wolle er mir etwas geben. Ich finde, es reicht jetzt.

»Je suis Hollandaise.«

»Mais bien sûr.« Er schlägt sich an die Stirn. Dass er nicht früher darauf gekommen ist. Obwohl, ich bin dunkel, und die Hollandaises, die er bisher getroffen hat, waren alle blond. Er winkt dem Patron, einem schmuddeligen Mann mit Baskenmütze, und bestellt eine Flasche Banyuls. Banyuls zu dieser Tageszeit, ich werde mich wundern, was ich da trinke. Wir heben die Gläser mit dem hellroten Wein und trinken auf Holland. À la bonne heure. Holland ist elfhundert und soundsoviel Kilometer von mir entfernt. Der Algerier schreit in unsere Richtung, aus vollem Hals, und macht mit dem Unterleib eindeutige Bewegungen. Wie ein Hund. Dunkelbeinige Kinder stehen am Kai und essen Orangen. Der Saft tropft ihnen vom Kinn auf die Hände. Sie lecken ihn gierig ab. Das Blau über den weißen Häusern jenseits des Wassers erinnert mich an etwas, an etwas lang Vergangenes. An einen Sommerhimmel über einem Tennisplatz. Oder war es ein Schwimmbad?

Er hat sein Glas abgestellt und stützt den Kopf auf die Hände. Es hat fast etwas Rüpelhaftes, wie er dasitzt und mich mustert. Ich habe Lust, ihn zu fragen, warum er mich so anglotzt, ob vielleicht eine Naht meines Kleids gerissen ist. Aber wie sagt man das auf Französisch?

Vielleicht versteht er mich dann völlig falsch, und wir verheddern uns in den Kleidern des anderen.

Ich lehne mich zurück, balanciere meinen Stuhl auf zwei Beinen, das Gesicht der Sonne zugewandt, die Augen halb geschlossen. Ich bin froh, dass er außer meiner Nationalität und meinem Namen nichts weiter wissen will. Ob ich verheiratet bin, ob ich Kinder habe, was ich mache, ob es dort kalt ist, ganz zu schweigen davon, wie es so war unter den Boches.

Er fragt nur, ob ich lange bleibe. Er will mir die Pyrénées Orientales zeigen, die ganze Côte Vermeille, die Orte, wo kein Tourist hinkommt. Er scheint Zeit dafür zu haben. Und ich habe Glück, nächste Woche ist in Perpignan Karneval.

In der Garderobe des Dancing an der Porte Notre Dame legt mir Gilbert das rote Cape um, das er für mich mitgebracht hat. Denn ich habe an vieles gedacht, als ich aus Amsterdam wegfuhr, aber sicher nicht daran, ein Karnevalskostüm einzupacken. Er trägt einen schwarzen spanischen Hut und hat einen Seidenschal um den Hals. In dem kleinen, mit Girlanden und Lampions dekorierten Saal hängt dicker Tabakqualm. Ein roter Fez, große Sombreros und hochaufgetürmte Blumenfrisuren ragen aus der tanzenden Menge empor. Die Band spielt einen Paso doble, einen Tanz, bei dem man lange Schritte vor und zurück macht. Aber hier geht das nicht, die Paare stehen dicht an dicht, ihnen gelingt nicht mehr als ein rhythmisches Stampfen. Am Rand der Tanzfläche dreht sich ein Mann in einer weißen Hemdhose allein im Kreis, rempelt gegen Stühle und Tische. Er hat sich ein Kissen vor den Bauch gebunden. Als er sich umdreht, zeigt Gilbert auf seinen Rücken. 69 steht darauf, in großen schwarzen Ziffern. Mein Cape riecht nach einem billigen Parfüm. Das Futter ist an einer Seite aufgerissen, ich kann den Ellbogen durchstecken. Jemand zieht mich auf die Tanzfläche, ein Mann mit glänzenden, nach hinten gekämmten Haaren und einer schwarzen Maske. Er neigt den Kopf zu mir, sagt etwas Unverständliches und bläst mir dabei Knoblauchschwaden ins Gesicht.

Vorübergehend habe ich Gilbert verloren. Schweißige Hände halten mich fest, streifen unter meinem Cape über meinen nackten Rücken und noch weiter.

Oberschenkel werden an mich gepresst. Als ich Gilbert allein an einem Tischchen mit einer Flasche Wein entdecke, setze ich mich erleichtert zu ihm. Er kennt ein kleines Hotel, wo wir übernachten können. Es ist spät, als wir ankommen, die Tür ist geschlossen, aber er drückt gelassen auf die Klingel. Die Patronne, eine kleine, untersetzte Frau im geblümten Morgenrock begrüßt ihn freundschaftlich. Wir steigen die Treppe hinauf. Er hat mir gerade das Kleid ausgezogen, als die Frau mit einer Flasche Wein und zwei Gläsern ins Zimmer kommt. Sie stellt alles auf das Schränkchen neben dem breiten Bett. »Bonne nuit«, sagt sie. Neben einem Waschtisch und einem Bidet gibt es auch einen Stuhl für unsere Kleider.

Es klopfte. Ich war mit dem Frühstück fertig, griff nach meinem Einkaufskorb, öffnete die Tür und zog sie gleich wieder hinter mir zu. Madame Ponsailler. Jetzt schnell reagieren, nicht auf dem Gang stehenbleiben und reden, heute nirgendwo stehenbleiben und reden. Mon mari wird sich sehr freuen. Und ich auch. Das haben wir schon seit ein paar Tagen festgestellt. Und dass die Niederlande nicht direkt hinter Paris liegen, sondern viel nördlicher. Zuerst kommt Belgien. Deutschland liegt auf der anderen Seite, an der Ostgrenze. Oh, les boches, Madame, davon können wir ein Lied singen. In Banyuls habe ich die Reste des drei Meter hohen Betonwalls gesehen, den sie am Rand der Bucht gebaut haben, um eine Invasion zu verhindern. Es ist überall dasselbe, egal wo man hinkommt. Sie waren doch überall.

Sie hakte sich bei mir ein. Wir liefen durch den dunklen Gang, die Treppe hinunter. Ich musste mich vorsehen, dass wir nicht so, Arm in Arm, aus dem Haus gingen, durchs Gartentor, den Weg entlang, direkt zum Bahnhof.

Warten auf den Zug, der immer Verspätung hat. Mark hat Glück, der Wind hat sich gelegt. Die Bäume stehen noch in voller Blüte. Der Zug kommt aus dem Tunnel. Der Kartenkontrolleur schlurft zum Ausgang. Er lüftet seine Mütze und reibt sich mit einem Taschentuch über den Kopf. Sein Bruder und sein ältester Sohn wurden zwei Monate vor der Befreiung erschossen. Er selbst war in einem Lager. Eine Familie von Maquisards. Das haben mir alle erzählt. Zugtüren schwingen auf. Mark winkt mir zu.

Im Haus roch es wie in einem Hühnerstall. An der Küchentür blieben wir stehen. Sie schob mich hinein.

»Entrez! Entrez!« Monsieur Ponsailler saß am Tisch, vor sich eine Karaffe, kleine Gläser und eine Schale mit Zuckerwürfeln. »Trinken wir zuallererst auf le mari.« Er erhob sich halb, stützte sich mit seiner kurzen, dicken Hand auf den Tisch und schob mir mit der anderen Hand einen Stuhl hin. Ich setzte mich und beobachtete, wie er die Gläser füllte.

»Ein halbes, Monsieur Ponsailler, es ist noch früh.«

Ich legte ein Zuckerstückchen in den Mund und nahm vorsichtig ein Schlückchen vom selbstgebrannten Pflaumenschnaps, ziemlich starkes Zeug, das ohne Zucker fast ungenießbar war. Und trotzdem fühlte ich, wie mir die Hitze ins Gesicht stieg.

»Haben Sie gesehen, dass wir das andere Zimmer in Ordnung gebracht haben?«

Madame lehnte an dem hohen Büfett. Rechts und links neben ihrem Kopf glänzten die Gläser hinter den geschliffenen Scheiben. Sie hatte einen spitzen Schädel, über den das Haar straff zurückgekämmt war.

Kämme hielten es hinten zusammen. »Janine hat mitgeholfen. Sie wollte auch so gern etwas für den Monsieur aus Holland tun.«

»Ich glaube, das wird meinen Mann bestimmt sehr freuen.«

In den wenigen Briefen, die ich bekomme, steht, dass er kommen wird und ich dann ein extra Zimmer mieten solle. Zuerst wollte ich ihm zurückschreiben, warum denn. Aber ich lasse es sein. Ich glaube noch nicht ganz, dass er hier auftauchen wird. Madame Ponsailler sage ich, er sei es gewohnt, ein Zimmer für sich allein zu haben.

»Diese Holländer!« Monsieur schlug sich auf die Knie und lachte. Sein rundes Gesicht lief rot an. Seine Schultern hüpften auf und ab. Er strich über seine Baskenmütze, die er ständig trug und unter der nicht ein Haar vorragte. Vielleicht hatte er eine Glatze. »Diese Holländer! Ein eigenes Zimmer!«

Ein Zimmer in einem großen Haus. Ein altes Haus mit hohen Stuckdecken, mit langen Fluren und einem Keller, in dem die Essiggurken meiner Mutter in Steinguttöpfen standen. Der ganze Keller riecht danach. Über die Töpfe sind feuchte, karierte Geschirrtücher gebreitet. Jeden Freitagnachmittag kommt eine Cousine mit einer Schale zu uns, saure Gurken holen. Manchmal muss ich mit in den Keller, um ihr zu helfen. Vorsichtig fasse ich das Tuch am Zipfel und schlage es zurück. Auf den Gurken schwimmt eine weiße Schicht. Hol du sie raus, sage ich zu der Cousine. Sie schöpft sie mit einem Schaumlöffel. Sie sind nicht mehr gut, sage ich, sie stinken, und sie sind ganz schimmlig. Die Cousine zuckt mit den Schultern. Sie werden abgespült, sagt sie. Auf dem Dachboden mit den niedrigen Balken spielen wir zwischen Kisten und alten Möbeln. Wir klettern auf den ausrangierten Küchentisch und schauen durch das Dachfenster auf Amsterdam-Zuid, die Bäume des Vondelparks, die Türme des Rijksmuseums. Wir sehen unsere Nachbarin, eine alleinlebende alte Dame, von ihrem täglichen Spaziergang zurückkommen. Alle vier, fünf Meter bleibt sie stehen und sieht sich um. Das macht sie, seit ihr Hund überfahren wurde.

»Auf eine gute Ankunft.« Madame hob ihr Glas. Den rechten Ellbogen in die linke Hand gestützt, nahm sie einen Schluck, stellte das Glas aufs Buffet zurück und ging, um in einen Topf zu schauen, der auf dem Herd stand.

»Ich glaube, ich geh mal los.« Mein Glas war noch nicht ganz leer, aber ich spürte den Schnaps schon in meinen Beinen.

Monsieur Ponsailler sah auf seine Uhr und sagte mit schräggelegtem Kopf, dass ich noch alle Zeit hätte, der Zug käme noch lange nicht.

»Lass sie doch gehen.«

»Ich möchte noch ein paar Einkäufe machen.« Ich schob den Stuhl unter den Küchentisch.

»Ich auch. Soll ich Ihnen etwas mitbringen?«

»Gern.«

Ich sagte, was ich haben wollte, und gab ihr meinen Korb.

»Holen Sie ihn ab, votre mari?« Janine stürzte mir auf dem Gang entgegen. In der Sekunde fiel die Zeitung mit lautem Schlag hinter die offene Tür. Der Zusteller nickte mir im Vorübergehen zu, er wusste es auch schon. Alle wussten es. Und da war die alte Mutter von Madame Ponsailler. Mit kleinen Schritten trippelte sie den Pfad entlang, weit nach vorn gebeugt, mit ihrem Stock vor sich tastend. Alles an ihr war schwarz, die Kleidung, das Kopftuch, ihre Augen, das ledrige Gesicht mit dem Schnurrbart und den Kinnhaaren. »Le mari«, nuschelte sie, »le mari.« Ihr Mann war schon seit Jahren tot. Nach langem Krankenlager gestorben. Überall im Haus hingen Bilder von ihm.

Ich lief an ihnen vorbei und lachte: Es ist so weit, er kommt. Ich schritt schneller aus, den steilen Weg hinunter, an den Mandelbäumen mit den schneeweißen Blüten vorbei, an der Weide mit den Ziegen, dem Haus mit den Akazien im Vorgarten, wo der Arzt wohnte. Dort ging ich immer ein bisschen scheu vorbei, denn ich schuldete ihm noch dreihundert Francs. In der ersten Woche meines Aufenthalts hatte er mich wegen einer Angina behandelt. Mit einem lila Zeugs betupft, Tabletten gegen das Fieber. Zu meiner Verwunderung half es. Schon damals begannen sie zu fragen, warum mein Mann nicht käme. Ich war doch verheiratet. Ließ er mich denn einfach allein hier?

»Madame Sepha, une lettre.«

»Von meinem Mann.«

»Was schreibt er? Kommt er?«

»Er hat es vor.«

»Kommt er bald?«

»Ich glaube schon.«

Ich sagte, er sei sehr beschäftigt. Er arbeite bei einer Zeitung, man könne ihn nur schwer entbehren. Beim nächsten Brief erzählte ich, dass ich nicht mehr lange warten müsse. Es war ein Brief von Yona, aber das wussten sie nicht. Ich sagte es nur, um sie abzuspeisen, bereute, dass ich ihn überhaupt erwähnt hatte, und mir graute davor, nach jedem weiteren Brief weitere Ausreden erfinden zu müssen. Und als das Telegramm

»ankunft dienstag mark« eintraf, hatte ich wieder ein anderes Problem. Ich musste mich der anstrengenden Begeisterung der Familie Ponsailler erwehren.

Ich bog in einen Seitenweg ab, der hinter ein paar niedrigen Häusern nach oben führte. In der Ferne waren die Berge rötlich braun, mit grünen Streifen dazwischen. Hundert Meter weiter war der Weg zu Ende; es gab keine Häuser mehr, keine Bäume, nur graue Steinbrocken mit ein paar harten Halmen drumherum. Nach einem kurzen Aufstieg stieß ich auf einen Weg, der in die Weinberge führte. Am Rande einer der Terrassen setzte ich mich. Ich hatte keine Eile; Monsieur Ponsailler hatte recht, der Zug kam noch nicht. Wenn ich nicht aus der Küche entwischt wäre, wäre ich jetzt stockbetrunken. Ich sah mich schon lallend am Bahnhof stehen. Aus den weißen und rosa Häusern entlang der Bucht stiegen Rauchwolken auf. Der Streifen Wasser, den ich überblicken konnte, war blaugrün, glatt, bis auf zwei Fischerkähne leer. Hoch über dem Steinhügel rüttelte ein Bussard, der plötzlich herunterstieß. Ein paar Meter über dem Boden schoss er seitlich weg, mit hochgezogenen Beinen. In der Ferne pfiff ein Zug. Er fuhr ins Landesinnere zurück, durch den Tunnel.

Die Leuchten gehen kurz an, ein schwacher, gelber Schein erhellt die Gesichter.

Im Abteil riecht es säuerlich nach Wein und Käse. Meine Mitreisenden verkürzen sich die Zeit mit Essen und Trinken. Ich habe die ganze Nacht gesessen, zum Glück auf einem Eckplatz. Gelegentlich nicke ich kurz ein, schrecke aber bei jeder Weiche hoch, stoße mit dem Kopf gegen die harte Wand. Mein Regenmantel, den ich als Kissen verwende, rutscht jedes Mal weg. Wir sind zwischen Montauban und Toulouse.

»Im Süden liegt noch Schnee«, sagt jemand. »Seit hundert Jahren ist nicht so viel Schnee gefallen.«

»In Prades hatten sie zwei Meter Schnee.«

»Das kam vom Wind. Der Wind wirbelt den Schnee auf.«

»Ich habe Fotos davon gesehen. Zwei Meter hoch.«

»Dort sind viele Bäume eingegangen.«

»Ein Verlust für die Bauern. Die Bauern sind immer die Dummen.«

»Der Winter von siebenundvierzig wird uns im Gedächtnis bleiben«, sagt eine Frau. Sie hat ihr schwarzes, wollenes Umschlagtuch fest um sich gezogen und hält auf ihrem Schoß einen Korb, dessen Klappe sie ab und zu öffnet, um Essen herauszunehmen.

Ich will keinen Schnee mehr sehen. Der Winter nimmt gar kein Ende, auch nicht das Organisieren von Essensmarken und das Anstehen beim Kohlenhändler erst recht nicht. Sie kommen zu spät, es gibt nichts mehr. Keine Lieferung. Abgesperrte Straßen. Mark kippt den letzten Eimer Kohlen in den Ofen. Wir sitzen zu dritt um die Wärme. Karel hat eine Flasche Genever mitgebracht. Sobald wir unsere Gläser geleert haben, gießt er sie wieder voll. In den vergangenen Jahren habe ich richtig bechern gelernt.

Die weiß verfärbte Ofenwand zeigt rote Flecken, wie Blasen. Ich spüre die sengende Hitze auf meinem Gesicht, weiche aber nicht zurück. Ich sage, es fühlt sich an wie in der Sonne sitzen, zumindest, wenn ich die Augen zumache. Und dann sagt Karel:

»Ich kenne einen, der gerade aus Collioure zurück ist.«

»Wer?«

»Einen Maler. Er hat dort eine Weile gearbeitet.«

»Wo liegt das denn?«

»Im Süden, Richtung spanische Grenze, hinter Perpignan.«
»Am Mittelmeer?«
»Es ist ein Fischerdorf, in das viele Maler kommen.«
»Bestimmt wunderbar, jetzt dort zu sein.«
»Da ist schon Frühling.«
»Kann schon sein.«
»Nichts für euch?«
»Was für uns?«
»Hinzufahren.«
»Was sollen wir denn dort?« Mark greift nach dem Schürhaken, der neben dem Ofen liegt, und klopft damit auf die untere Klappe. »Ich bin doch kein Maler!«
»Was ist das für eine Frage? Du kannst doch trotzdem in den Süden fahren.«
»Und das Geld, wo nehmen wir das her?« Mark sieht ärgerlich auf. Er hat die Klappe weiter aufgeschoben und stochert jetzt die Schlacken aus dem Ofen.
»Warum fährst du nicht per Anhalter? Das machen viele.«
»Man muss dort auch leben.«
»Kannst du bei der Zeitung keinen Vorschuss bekommen, zum Beispiel für Reportagen?«
»Das ist noch längst nichts Festes. Das ist es ja. Sie wollen erst mal sehen, was sie an mir haben. Begreifst du das nicht?«
»Trampen, das kann ich gut. Da wär ich dabei.« Ich sehe auf meine Schuhe, die von Marks Herumstochern Asche abbekommen haben. Ich will mehr über Collioure wissen. Wo es genau liegt, wie man hinkommt. Ich hole den Atlas, fahre mit dem Finger über die Karte von Frankreich, folge der Linie von Paris nach Süden, verschütte den Genever aus meinem

vollen Glas, nach Châteauroux, Limoges, Brive, nach Carcassonne, Narbonne und weiter am Meer entlang, ich bin schon fast in Spanien und kehre auf der Geneverspur zurück, ziehe mit meinem nassen Finger einen Kreis um Paris.

»Ich habe richtig Lust. Lass es uns machen.«

»Wo denkst du hin? Wie soll das gehen? Ich habe sowieso keine Zeit dafür. Ich kann nicht weg.«

»Du willst nicht weg.«

Ich verstehe das. Er will nicht, er will in Amsterdam bleiben. Es gibt »Wichtiges« zu tun, das hat er schon oft gesagt. Aber er meint etwas anderes als im Hungerwinter, als wir aufeinander angewiesen sind, ständig zusammenhocken, ganze Tage in dem großen Bett verbringen, zusammen ins Versteck kriechen, wenn eine Razzia ist, die Angst teilen und danach die Erleichterung, und reden, darüber reden, was wir nach dem Krieg tun werden, wie wir leben werden, wohin wir gehen werden.

Eines Tages geht die Klingel. Am Fuß der Treppe steht ein alter Mann. Er stellt einen Jutesack ab und reicht mir einen Brief. Er hat rote, gestrickte Fäustlinge an und auf dem Kopf eine schwarze Mütze. Im Sack sind Kartoffeln und in dem Umschlag Lebensmittelkarten und ein Hundert-Gulden-Schein. Das entdecke ich erst, nachdem er wieder gegangen ist. Ich haste ihm nach, hole ihn auf der Brücke ein und frage, wer ihn schickt. Er bleibt kurz stehen und zeigt mit seinem gestrickten Daumen zum Himmel. »Vom Herrgott«, sagt er und geht weiter. Als ich auf dem Weg nach oben dem Herrgott danke, geht mir auf, dass es das erste Mal in meinem Leben ist, und ich komme, den Hundert-Gulden-Schein schwenkend, ins Zimmer.

»Jetzt können wir tun, was wir wollen«, sage ich. »Wir gehen heute Abend irgendwo groß essen. Marken haben wir auch. Wo sollen wir hingehen?«

»Zu Freek, in die Spuistraat«, sagt Mark. »Dort kriegt man angeblich für um die vierzig Gulden noch ein Beefsteak.«

»Oder zum Chinesen.«

»Ja, ein schönes Stück Huhn. Es ist natürlich Katze, oder Hund, aber das schmeckt man nicht, wenn sie es einem nicht dazu sagen.«

»Für Wild muss man ins Kempinski.«

»Der berühmte Hasenpfeffer.«

»Gebratene Seezunge bei Rienstra, was meinst du?«

»Hummer.«

Wir essen einfach zuhause, beim Schein von Nachtlichtern, die auf Rüböl schwimmen. Der Akku ist leer.

»Es geht uns gut«, sage ich, als wir nach dem Essen mit einer Decke um die Beine auf dem Diwan sitzen. »Kartoffeln, Marken und Geld vom Herrgott, und die Russen hinter Danzig.«

Mark streichelt meinen Rücken. »Noch ein klein wenig Geduld, und dann wirst du schon sehen.«

Am Anfang will er wissen, warum ich nicht mitmache, nicht mit herumziehe, von einem Fest zum anderen, mit Wagenladungen Alkohol und englischen Zigaretten und dem Aufwachen in fremden Betten neben Menschen, die man nicht kennt.

»Darauf haben wir doch gewartet?« Später findet er es völlig selbstverständlich, dass ich zuhause bleibe. Die Rot-Kreuz-Benachrichtigungen, die den Tod meiner Eltern und meiner Schwester anzeigen, mit dem Namen des Lagers und dem Datum, verstecke ich in einer Schublade. Ich decke die Briefe mit anderen Papieren zu, wie jemand, der eine Schippe Sand in eine Grube wirft. Manchmal stehe ich eine Weile vor der Schublade, ohne sie zu öffnen. Was will ich? Ich habe jetzt Gewissheit. Ich kann mir nichts mehr vormachen. Es scheint mir nur recht zu sein, dass Mark immer öfter wegbleibt. Ich unternehme nichts dagegen.

»Ihr solltet es trotzdem versuchen«, sagt Karel. Er füllt die Gläser nach und stellt die Flasche hinter seinen Stuhl, weg von dem glühenden Ofen. »Denkt mal drüber nach.«

»Wie kommst du zu dem Genever?«

»Von einem Schnapshändler, den ich gut kenne.«

»Du kennst aber auch jeden …«

»Ich brauche keine Ferien. Ich habe lange genug Däumchen gedreht.«

»Du kannst doch auch dort was tun.«

»Für Maler ist das was anderes. Maler brauchen einen Tapetenwechsel.«

»Ich auch.« Wieder verschütte ich den Schnaps und wieder fahre ich mit dem Finger über den Atlas.

»Jetzt ist dort die beste Zeit.«

»Du hast leicht reden.«

»Ich gehe allein.« Ich betrachte die feuchten Linien auf der Frankreichkarte und trinke mein Glas aus. Ich kann alleine fahren; ich packe meinen Koffer und sage: Bis bald, ihr seht mich irgendwann wieder. Keiner kann mich aufhalten. Ich stehe schon am Haagseweg, von wo mich jemand bis zur Grenze mitnimmt. Am Abend bin ich in Paris. Es ist ein Klacks. Ich kann nicht mehr stillsitzen, wandere vom einen Ende des Raums zum anderen, verkünde mehrmals, dass ich verreise, trete an die hintere Bettkante, remple gegen den Tisch und drücke die runde, lose Tischplatte nach unten. Mein Kopf wird heiß, unter meinen Haaren brennt es. Ich setze mich auf die Fensterbank, schaue aus dem Fenster auf die zugefrorene Gracht und sage, dass ich genug habe von dieser kalten Stadt, wo die Schneehaufen wie harte Berggrate entlang der Gehsteige liegen; von den leblosen Bäumen und den ausgeweideten Häusern mit den zugenagelten Fenstern. Ich hätte nie nach Amsterdam zurückkommen sollen. Und weil sie nicht antworten und mich nicht beachten, rufe ich, dass ich an der Côte Vermeille, oder wie das dort heißt, am warmen Strand liegen werde. Ich höre gar nicht mehr auf und merke, dass dir zugehört wird, wenn du nur laut genug schreist, und dir niemand widerspricht. Und ich springe wieder auf und frage, warum die Leute bloß so gern tun, als sei nichts passiert, warum sie es dir übelnehmen, dass du noch da bist. Ich will weitermachen, aber Mark sagt:

»Du bist betrunken.« Er sagt es gelassen, eine Feststellung. Er hat sich dabei nicht einmal umgedreht, obwohl ich in dem Augenblick hinter ihm stehe. Seine Haare hängen ihm bis in den Nacken. Die Jacke ist zu weit, sie beult sich. Karel zupft mich am Arm.

»Setz dich doch mal ruhig hin.«

»Ruhig hinsetzen?« Ich fühle mein Gesicht rot anlaufen. Meine Haut prickelt.

»Ich verstehe nicht, warum du dich so aufführst«, sagt Mark. Er reibt mit den Fingern seine Stirn.

»Was verstehst du überhaupt?«

»Was willst du eigentlich? Bedauert werden? Getätschelt?«

Ich stehe noch immer hinter ihm. Er sitzt vornübergebeugt, die Arme auf den Knien. Ich will Ja sagen, und gleichzeitig Nein. Aber ich bringe kein Wort heraus. Vielleicht hat er recht. Ich mache es ihm nicht leicht. Im Ofen knistert es, als hätte man ein Stück

Holz nachgelegt. Unter der Ofenklappe liegt alles voller Kippen und Schlacken. Der Boden davor ist mit braunen Brandflecken übersät. Mark schaut auf seine Uhr und erhebt sich.

»Ich sehe, es ist noch früh. Ich gehe noch kurz weg.« Er sagt es, ohne mich anzusehen. Ich gebe keine Antwort.

Als er das Zimmer verlassen hat, lege ich mich auf den Diwan und bitte um einen weiteren Schnaps. Karel schüttelt den Kopf. »Du hast genug gehabt.«

»Ich bin nicht betrunken.« Ich höre die Haustür zuschlagen.

»Ich fand die Idee gut, euch …«

»Wir hätten nie heiraten sollen.«

»Das wird schon wieder. Er steht ein bisschen neben sich. Aber wer nicht?«

»Der eine steht neben sich, und der andere ist voll auf Kurs. Es ist schön verteilt. Findest du mich sentimental?«

»Manchmal.«

»Ach, so sind wir.«

»Wer wir?«

»Wir Juden. Wir haben einiges gemeinsam.«

»Findest du?«

»Ich nicht. Aber ›man‹ findet das. Du auch?«

»Ich sehe keinen Unterschied.«

»Sie finden uns sentimental, sinnlich, schwermütig, vergrübelt, praktisch, merkwürdig …«

»Jetzt hör doch bitte damit auf!«

»Gib mir doch noch was zu trinken.«

»Ich habe eine Schwäche für Mark.«

»Und für mich?«

Karel füllt die Gläser. Ich strecke den Arm aus.

»Kannst du im Liegen trinken?«

»Ja, schau her. Ich drücke nur mein Kinn auf die

Brust. Weiter bewege ich nichts.« Vorsichtig nehme ich einen Schluck. »Siehst du? Hat sich mein Körper bewegt?«

»Nein.«

»Wie gefällt es dir?«

»Gut.«

»Das Kunststückchen oder …«

»Beides.«

»Er bleibt bestimmt wieder lange weg, meinst du nicht?«

Karel setzt sich jetzt auf den Diwan. Ich lege meine Hand auf seine Schulter. Als er sich vorbeugt, um zu trinken, ist sein Gesicht dem meinen ganz nah. Er bleibt kurz in dieser Haltung, stellt unsere Gläser auf den Boden und küsst mich. Wir umarmen uns. Seine Hände wandern über meine Brüste.

»Warte.« Ich ziehe meinen Pullover aus und in den paar Sekunden, in denen mein Kopf bedeckt ist, spüre ich seinen Mund auf meinem Körper. Seine Lippen streifen über meine Haut.

Eine Woche später zeige ich Mark meine Fahrkarte. Er ist überrascht. Er hat meinen Ausbruch schon vergessen und ist es nicht gewohnt, dass ich etwas zu Ende führe, dass ich etwas anderes mache als ein bisschen herumzusitzen, auf die Ruine des Nachbarhauses zu starren, auf die Schute vor der Haustür, wo die Frau ihre Freier empfängt, und zu warten, bis er nach Hause kommt, bis ich ihn über die Brücke kommen sehe, am späten Abend, wie den Schatten des Neun-Uhr-Manns, oder frühmorgens, wenn der Nebel über dem Wasser liegt.

»Wo hast du das Geld her?«

»Geliehen.«

»Von wem?«

»Über Karel.«
»Was wären wir bloß ohne Karel?«
»Er ist ein Mann, auf den man sich verlassen kann.«
»Wie willst du es zurückzahlen?«
»Von den Entschädigungen, die man mir versprochen hat.«
»Aber wir werden das Geld dringend für hier brauchen, für Kleider und Möbel und ...«
»Das kann ruhig noch ein bisschen warten.«
»Na gut. Geh halt. Ich komme schon allein zurecht.«
»Da habe ich nicht den geringsten Zweifel.«
»Sepha, du musst nicht denken, ich wäre froh, dass du gehst.«
»Es wird schon viel einfacher für dich.«
»Ich hoffe auch für dich. Vielleicht geht dir dort auf, was du eigentlich tust.«
»Was tue ich denn?«
»Du lädst jemandem Schuldgefühle auf. Für das, was passiert ist.«
»Dir? Denkst du das?«
»Ich weiß, du machst es nicht mit Absicht.«
Ich will ihm noch einmal erklären, warum ich weggehe, ich will ihm sagen, dass er nicht ganz falsch liegt, aber es sieht fast so aus, als ob wir diese Dinge nie ausdiskutieren können, immer etwas dazwischenkommt. In diesem Moment kommt Tinka ins Zimmer.
»Die Tür war offen.«
»Ja, das Schloss ist wieder mal kaputt.«
»Bist du noch nicht fertig?«
»Fast.« Er knotet gerade seine Krawatte. »Ich bin gleich soweit.«
Während sie zum Fenster geht, hocke ich, ein Knie auf dem Boden, vor dem Ofen. Ihre Schuhe sind makellos, als hätten sie das Pflaster noch nicht

berührt. Die Nähte ihrer Nylons sitzen genau in der Mitte. Mit dem Schürhaken zerstoße ich die Kohlebrocken, bis wieder Glut aufleuchtet. Ich höre Mark etwas von einem Taschentuch murmeln, das er nicht finden kann. Tinka lehnt auf der Fensterbank.

»Schöne Aussicht hast du hier.«

»Hast du das noch nie gesehen?« Ich stehe auf.

»Nicht mit Schnee.«

»Ich sehe es mir oft an.«

»Das glaube ich gern.«

»Es wird nie langweilig.«

»Wohnt jemand auf der Schute? Aus dem Ofenrohr steigt Rauch.«

»Dort wohnt eine Frau, die mit jedem ins Bett steigt. Für Geld. Halt eine Hure.«

»Wer?« Mark knöpft sich den Mantel zu.

»Unsere Nachbarin von gegenüber.«

»Oh, die Schlampe.« Er geht zur Tür. »Na, dann gehn wir mal, wenn es dir nichts ausmacht.«

»Schade, dass du nicht mitkannst.« Tinka dreht sich zu mir um. Ein rundes, leicht glänzendes Gesicht, umrahmt von üppigen, blonden Haaren. Hellgraue Augen.

»Amüsier dich gut.« Als ich die beiden die Treppe hinuntergehen höre, merke ich, dass ich mich mit dem heißen Schürhaken auf die Fensterbank gestützt habe. Er hinterlässt einen braunen Brandfleck.

Vom Grundstück eines der Häuser unter mir stieg Rauch auf. Ein Mann und ein kleiner Junge verbrannten Abfälle. Der Mann stocherte mit einem Stock in dem schwelenden Haufen. Sobald Flammen aufloderten, warf der Kleine Zweige und Pappschachteln ins

Feuer. Der blaue Qualm trieb langsam Richtung Dorf, zur Zypressenallee, hinter der der Friedhof lag. Zwischen den Bäumen sah ich eine kleine Prozession, vier Messdiener und einen Priester, in schwarzen Talaren und weißen Chorhemden. Einer der Jungen trug auf einem schwarzen Stab ein Messingkreuz, der Junge neben ihm ein Weihwassergefäß. Sie gingen fast im Trab, mit flatternden Röcken und eckigen Schulterbewegungen, als ob Monsieur le curé sie unablässig zur Eile mahnte. Er verschwand als letzter hinter der Kurve. Gleich würden sie durch das Tor mit den silbernen Schnörkeln, den Eingang zum Friedhof schreiten. Ich war ein paarmal dort gewesen. Auf mit Muschelbruch bedeckten Wegen war ich an den Familiengrüften vorbeispaziert: Familie Soubira, Familie Gastaud, Familie Camou, Familie Rouanet, tote Familien, unter einem Dach vereint, hinter grüngestrichenen Eisentüren, Vorgärten voller Blumen, mit schmiedeeisernen Eingangstoren. Der Tod bekam dadurch etwas Behagliches.

Wieder hörte ich in der Ferne einen Zug pfeifen. Warum kam Mark?

»Er scheint jetzt bei T. zu wohnen«, schrieb Yona, »aber ich bin mir nicht sicher. Seit Du weg bist, habe ich nicht mehr bei ihm reingeschaut. Vielleicht hättest Du nicht weggehen und Dir die Möglichkeit einer ›Reparatur‹ offenhalten sollen. Aber warum eigentlich? Was versteht er schon von Dir? Du bist dort am richtigen Ort. Ich finde, dass Du immer dem nachgeben solltest, was Dir in einem bestimmten Moment in den Kopf kommt. Auf Dich nimmt auch keiner Rücksicht.

Ich habe meine Stelle bei der Stiftung sausen lassen. Das wird Dich nicht wundern. Ich konnte nicht mehr, es hat mich ganz krankgemacht. Ich habe jetzt angefangen, zu malen. Es ist noch in der Schwebe, ob ich den Auftrag für eine Buchillustration bekomme. Wenn mich doch auch einmal einer empfehlen würde. Und ich habe ein bisschen Geld bekommen. Es sieht fast so aus, als würde das Leben wieder normal, zumindest, wenn man nicht in die Zeitung schaut. In Deutschland fangen die Nazis wieder an, sich zu regen, Hakenkreuzschmierereien an den Wänden, geschändete Gräber auf jüdischen Friedhöfen. Dort unten bist du richtig [habe ich Dir schon geschrieben], dort liest Du wahrscheinlich keine Zeitungen und wenn doch, in einer fremden Sprache berührt es einen vielleicht weniger. Gestern ist mir etwas passiert, und hinterher dachte ich: Alles ist doch nicht so normal, wie man sich einzureden versucht. Ich ging durch die Plantage. Auf der anderen Straßenseite, gegenüber vom Zoo, kam mir ein junger Kerl entgegen, auf dem Rad, mit einem Korb auf dem Gepäckträger, vielleicht ein Metzgerlehrling. Er fuhr langsam vorbei, sah mich an, als ob er mich erkennen würde und rief: »He, Sara, gibt's dich noch?« Man soll sich von so etwas natürlich nicht verrückt machen lassen, man kann es einfach als eine Art typisch Amsterdamer Gruß sehen, aber Du kennst mich ja …«

Obwohl es fast ein Jahr her ist, seit ich sie zum letzten Mal gesehen habe – an dem Abend im Krankenhaus am Weesperplein – erkenne ich sofort ihre Stimme. Ich rufe, dass sie hochkommen soll, und als ich sie auf der Treppe höre, gehe ich rasch ins Zimmer, sehe mich um, verschiebe einen Stuhl, hebe eine Zeitung auf, stoße mit dem Fuß ein Paar Pantoffeln unter den Diwan. Sie steht schon an der Tür, noch bevor ich wieder im Flur bin. Sie trägt einen alten Regenmantel, der ihr zu lang ist. Ihr Gesicht ist mager, die Nase auffallend scharf unter der Brille mit der schwarzen Fassung.

»Du wohnst weit oben.«

»Hast du gleich hergefunden?«

»Warum nicht? Ich kenne die Gegend gut.«

»Du hast bestimmt auch irgendwo hier gewohnt?«

»Nein, wir nicht. Meine Tante. Die wohnte am Groenburgwal.«

»Gibt es euer Haus noch?«

»Nein. Das habe ich dir doch schon erzählt.« Sie sagt es, als wäre es vor wenigen Minuten gewesen. Sie macht eine ungeduldige Armbewegung, zieht ihren Mantel aus und wirft ihn über einen Stuhl. »Auch lauter alter Kram hier. Weißt du, dass das mal eine Schneiderei war?«

»Ja, weiß ich. Man sieht es noch an den Abdrücken auf dem Boden. Da haben die Maschinen gestanden.«

Sie geht zu einem der Fenster. »Das Ost-Indische Haus. Verdammt! Noch immer hinter jedem Fenster so ein Kerl mit ›Akten‹. Ich habe dort oft für meine Tante eingekauft. Bei Wegeman gegenüber Käse geholt. Seine Frau hatte eine Perücke.«

»Die trägt sie immer noch.«

»Hab bei den Ständen am Nieuwmarkt Fisch gekauft. Und bei Jacob Hooy Gewürze. In diesen weißen Papiertüten, auf die Männer in gelben Kitteln immer die Bezeichnungen schrieben. Dort roch es so gut. Ich war immer froh, wenn ich lange warten musste, bis ich drankam.«

»Warum setzt du dich nicht? Mark wird gleich nach Hause kommen. Ich wollte dir vor unserer Hochzeit eigentlich eine Nachricht schicken, aber ich wusste nicht, wo du steckst.«

»Ihr seid verheiratet?« Sie nimmt den Stuhl, der neben dem Ofen steht.

»Ja, gleich nach unserer Anhalterreise, im August.«

»Oh, schon damals.«

Es sind nur ein paar Straßen bis zum Rathaus; über die Brücke, durch die Rusland, dann beim Oudezijds Voorburgwal um die Ecke. Karel und ein paar Freunde, die im Stockwerk über uns beziehungsweise im Haus neben uns gewohnt haben, sind mitgekommen. Sie tragen jetzt andere Namen. Einige haben sich den Schnurrbart abrasiert und sind in ihren ordentlichen Anzügen kaum wiederzuerkennen. Ich fühle mich unbehaglich in dem geborgten Kleid, das mir zu eng ist. Ich starre auf den Kupferring an meinem Finger. Er färbt schwarz ab, weil meine Hände verschwitzt sind. Über mir höre ich die Stimme des Beamten, der die fehlenden Verwandten aufzählt. »Doch nach der dunklen Zeit, die hinter uns liegt, ist es Ihnen beiden nun vergönnt, glücklich zu sein.«

In der Küche gieße ich zwei Tassen Filterkaffee auf. Ich war eine Weile davon überzeugt, dass Yona im Haus neben uns gewohnt hat. Aber jetzt frage ich mich, warum ich mir so sicher war. Es wurden so viele Grachtenhäuser ausgeräumt und abgerissen. Als ich mit dem Kaffee ins Zimmer komme, friemelt sie gerade an einem losen Westenknopf. Sie wickelt den Faden um den Knopfhals. Sie hat lange, knochige Finger.

»Wo wohnst du jetzt?«

»Ich habe einen Dachboden an der Leidsegracht gefunden.«

»Ist es was?«

»Ja, gutes Licht. Ich male ab und zu, wenn ich Zeit habe.«

»Ich habe nicht gewusst, dass du das machst.«

»Ich habe nicht viel Talent. Ich hätte lieber mit Musik weitergemacht. Nach meiner HBS-Zeit wollte ich aufs Konservatorium. Daraus ist nichts geworden.«

»War der Koffer noch da, den du damals abholen wolltest?«

»Nein, der war weg. Irgendwo anders hingebracht, und dann verschwunden. Hast du Sachen zurückbekommen?«

»Ein paar schon.«

»Man muss auch nicht das Unmögliche von den Leuten verlangen. Hast du was zu rauchen? Ich habe meine Zigaretten im Büro liegenlassen.«

»Arbeitest du?« Ich gebe ihr die Shagdose.

»Ja, halbtags. Bei der Stiftung '40–'45.«

»Warum um Himmelswillen dort?«

»Ich muss doch etwas tun.«

»Aber warum ausgerechnet dort? Es gibt genug anderes.«

»Ich dachte, es wäre genau das Richtige für mich.« Der Knopf sitzt wieder fest. Sie streckt ihre Beine aus, stellt die Füße auf den Boden, mit hochgereckten Zehen, so dass ich sie nicht übersehen kann. Sie stehen weit auseinander, wie damals die Füße in der Zuiderkerk. »Ich habe schon immer wissen wollen, wie es genau passiert ist. Ich höre mir die Geschichten an, die uns die Leute dort erzählen, ich versetze mich in ihre Gedanken, versuche in ihre Haut zu kriechen. Natürlich ist das eine billige Form der Solidarität. Eine unserer Stammkundinnen ist ein Mädchen, das einen ganzen Rattenschwanz von Lagern hinter sich hat. Sie war siebzehn, als man sie festnahm. In einem der Lager kam sie in die Experimentierbaracke. Sie haben ziemlich viel mit ihr angestellt; ihre Arme und ihr Hals sind voller Narben. Sie hat eine harte, schrille Stimme, die durch das ganze Büro gellt. Sie schimpft auf alles und jeden. Einmal sagte sie zu mir: ›Du hast bestimmt ruhig in deinem Eckchen sitzen können, stimmt's? Dich hat bestimmt keiner angerührt.‹ Was soll man darauf antworten?« Sie reibt sich den Nacken. Sie dreht noch immer diese unförmigen Zigaretten, in der Mitte dick, an den Enden dünn zulaufend. »Ich weiß jetzt alles. Zu uns kommt auch ein Mann, der die Kleider der Menschen einsammeln musste, die gleich nach der Ankunft in die Gaskammern geschickt wurden. Ihn hat es am Ende nicht mehr erwischt. Siehst du das manchmal vor dir?«

»Ja.«

»Und Träume? Träumst du davon? Siehst du sie in deinem Traum?«

»Ich träume oft von meinem Vater. Ich gehe mit ihm zu einem Haus am Ende einer dunklen, glatten Straße. Ich habe das Gefühl, dass die Straße vereist ist. Wenn wir vor dem Haus stehen, wirkt es leer und verlassen. Wir gehen hinein und laufen durch lange Korridore, mit Türen rechts und links. Jedesmal, wenn wir eine Tür öffnen, sehen wir ein paar Leute sitzen. Merkwürdige Leute. Sie schauen weder zu uns, noch schauen sie sich an, und sie bewegen sich nicht. Jedes Zimmer ist mit einem anderen verbunden. Keines ist leer. Und dennoch wirkt das Haus völlig leer. Manchmal sehe ich meinen Vater auf einer großen Ebene. Der Boden dort ist weiß und holprig. Ich beobachte ihn von weitem und warte, dass er zu mir kommt. Doch dann sehe ich, wie meine Schwester von der anderen Seite näherkommt. Sie gehen aufeinander zu und laufen zusammen weiter, ohne mich zu beachten.«

»Wart ihr eine große Familie?«

»Wir waren zu viert.«

»Nein, ich meine die ganze Verwandtschaft.«

»Mit allen Cousins und Cousinen komme ich auf gut sechzig. Ich habe es anhand der Rot-Kreuz-Briefe nachprüfen können.«

»Ich bin auf neununddreißig gekommen.«

»Warst du nur in Aalten untergetaucht?«

»Nein, ich bin zuerst ein paar Wochen auf der Veluwe gewesen, bei einem Dorflehrer im Keller. Wir waren zu fünft. Es war kalt und feucht. Vor dem Keller gab es einen engen, kurzen Gang zur Treppe. Die Kellertür mündete in den Gang. Der Lehrer hatte Angst, und das hat er uns spüren lassen. Wir durften nie nach oben und mussten mucksmäuschenstill sein. Eines Morgens hatte sich einer von uns oben an der Kellertreppe erhängt. Ein Junge, um die zwanzig. Er hatte es gemacht, während wir schliefen, mit dem Strick, der um seinen eigenen Koffer gebunden war. Als wir es entdeckten, war er schon kalt. Ich habe nur auf seine Füße geschaut. Sie bewegten sich. Ganz langsam machten sie eine halbe Drehung, und wieder zurück. Wir konnten nicht mehr dort bleiben. Ich glaube, sie haben ihn in der nächsten Nacht irgendwo neben die Straße gelegt, in einen ausgetrockneten Graben. Es war ein Junge mit einem runden, kindlichen Gesicht.« Sie schiebt ihre Kippe in den Aschenbecher und drückt lange darauf. »Alles geht einfach weiter«, murmelt sie. »Man fragt sich manchmal, wie das nur sein kann, und man fühlt sich schuldig.«

»Schuldig?«

»Ja.«

»Warum?«

»Weil wir noch da sind.«

»Darüber haben wir schon einmal gesprochen.«

»Weil wir nichts getan haben, um die anderen aufzuhalten.«

»Das war unmöglich.«

»Weil wir uns alles haben gefallen lassen. Deshalb.«

»Es hat keinen Sinn, das jetzt nochmals aufzuwärmen.«

»Du kannst es doch auch nicht von dir wegschieben?«

»Ich versuche es.«

»Du hast schließlich Mark. Das ist der Unterschied.«

Was hatte er hier vor? Was wollte er mit einem Zimmer für sich allein? Erst einmal die Lage sondieren, und dann eine vorsichtige Annäherung? Vielleicht hatte Tinka schon genug von ihm oder er von ihr, und jetzt war ich wieder die richtige? Ich hatte meinen Platz über den vignes verlassen und kletterte über den Steinhügel hinunter, zu dem Pfad hinter den Häusern. Die Rauchschwaden des schwelenden Abfalls wehten mir ins Gesicht. Sie waren so beißend, dass ich die Augen zusammenkneifen musste. Ich würde nicht zum Bahnhof gehen. Ich würde ihn einfach allein ankommen lassen, nach dem Weg fragen, mit dem Koffer zu den Ponsaillers laufen lassen, und alles umsonst. »Madame ist heute früh ausgegangen. Sie hat nicht gesagt wohin.«

Ich habe meinen Koffer bereits gepackt, aber noch nicht geschlossen. Der Ofen ist aus, die Fensterscheiben sind dick vereist. Ich laufe hin und her und kontrolliere, ob ich noch etwas vergessen habe, nehme den kleinen Blumenstrauß von der Wand, den mir Mark an unserem Hochzeitstag geschenkt hat. Er ist vertrocknet und verblichen. Als ich darüber puste, steigt eine Staubwolke auf.

»Was machst du da?« Ich habe sie nicht hereinkommen hören. Sie trägt einen kamelhaarfarbenen

Dufflecoat und einen Wollschal um den Kopf. Ihre Nase ist rot. Ihr Gesicht ist in der letzten Zeit etwas voller geworden. Manchmal legt sie sogar Make-up auf. Sie schaut auf das Sträußchen und von dort zum Koffer. »Nimmst du es mit auf die Reise?«

»Natürlich nicht.«

»Wirfst du es weg?«

»Was sonst?«

»Es bringt Unglück, wenn man es wegwirft.«

»Ich wusste nicht, dass du abergläubisch bist.«

»Ich nicht. Aber du doch?«

»Das Risiko geh ich ein.« Ich schiebe die vertrockneten Blumen in den Ofen, lege eine Zeitung dazu und zünde sie an. Ein kurzes Knistern, dann hört man ein Zischen, als würde gleich alles durch den Schornstein fahren. »Es ist im Nu weg, und man riecht nicht mal viel davon.«

»Ich bin erkältet. Ich rieche nichts.«

»Komm mit in den Süden.«

»Gute Idee. Aber du bist damit ein bisschen spät dran.«

»Hättest du mitgewollt?«

»Ich habe im Moment Anderes zu tun.« Sie schnäuzt sich und reibt ihre erstarrten Wangen.

»Hast du so viel zu tun?«

»Ich muss mich um alles Mögliche kümmern. Ich ordne auch für jemanden die Bibliothek. Für einen Mann, der seine Bücher irgendwo eingelagert hatte und sie ordentlich zurückbekam, nachdem er wieder aufgetaucht war.«

»Das kommt manchmal vor.«

Sie nimmt ein Zigarettenpäckchen aus ihrer Tasche und wirft es in den Koffer. »Vom Büro mitgehen lassen.«

Sie bringt mich zum Bahnhof. Wir gehen an der Geldersekade entlang, wo sich der Schnee so hoch auf den Gehsteigen türmt, dass wir auf die Fahrbahn ausweichen müssen. Autos verspritzen braunen Schlamm. Ein paar Möwen stehen reglos auf der zugefrorenen Gracht, aus der rostige Eisenteile ragen. Vielleicht ist es hier passiert. Oder doch auf dem Groenburgwal, wo ihre Tante gewohnt hatte? Ich bin nie weiter in sie gedrungen, genauso wenig wie ich sie nach dem Haus gefragt habe. Ich möchte, dass sie selbst davon anfängt. Was weiß ich eigentlich von ihr; sie spricht mit mir nur über das, worüber sie reden will, über den Krieg, über ihre Misere im Versteck, über die Lager, ganz selten einmal über ihre Kindheit, und dann hauptsächlich über ihren Vater. Aber wenn ich in ihrer Dachkammer, wo sie immer mit irgend etwas beschäftigt ist, bei ihr sitze und sehe, womit sie sich wieder eingerichtet hat, ihre Malutensilien, die Bücher, den Plattenspieler mit Klassikplatten, dann fühlt es sich an, als wäre ich bei jemandem, dem ich zum ersten Mal begegne. Und ich unterstelle ihr, dass sie mich absichtlich aus einer Welt heraushält, die ihrem Leben wieder Normalität gibt.

Auf dem Bahnsteig wartet sie, bis sich der Zug in Bewegung setzt. Sie läuft nebenher. Ich beuge mich aus dem Fenster, um ihr noch die Hand zu geben.

»Fall nicht raus!«, ruft sie.

»Warum sollte ich?«

Ich kurble die Scheibe hoch und verstaue mein Gepäck im Netz. Das Abteil ist leer, ich kann sitzen, wo ich will. Es wird ein Eckplatz. Außerhalb der Bahnhofsüberdachung leuchtet das Weiß der verschneiten Rangieranlagen aufmunternd durch die Scheibe.

»Madame, madame!«, hörte ich rufen. Janine kam mir nachgelaufen. »Le train, Madame, vite, vite!« Sie rannte an mir vorbei, ihre dunklen Zöpfe schlugen auf ihren Rücken, als treibe sie sich damit selbst an. Hatte sie mich im ganzen Dorf gesucht? Sie gab freimütig zu, neugierig auf mon mari zu sein. Es war durchaus möglich, dass er so tat, als ob nichts vorgefallen wäre, dass er nichts ansprechen und einfach Urlaub machen wollte. Ich würde ihn nichts fragen. Auch nicht, wenn er nach einer Woche vielleicht sagen würde, er müsse wieder zurück.

Ein Mann mit einem Strohhut auf dem Kopf und einem kleinen Jungen an der Hand passierte die Sperre. Der Mann lüftete den Hut und winkte jemandem in der Ferne zu. Hinter ihm tauchten drei Frauen auf, mit Körben, Schachteln und offenen Einkaufstaschen. Eine hinter der anderen kamen sie wie die Enten aus dem Stall gewatschelt. Ein o-beiniger alter Mann. Eine Nonne im grauen Ordenskleid. Sie trug eine randlose Brille mit dünnen Metallbügeln. Hinter ihr kam Mark, sein Kopf war genau über der gestärkten Haube der Nonne. Er trug einen schwarzen Wintermantel.

»Du siehst gut aus.« Er stellte den Koffer ab und küsste mich auf die Wange. Sein Gesicht roch nach Tabak und einer schlaflosen Nacht im Zug.

»Ist dir nicht heiß in dem Mantel?«

»Es hatte minus sieben Grad, als ich abfuhr.« Er zog den Mantel aus. »Du hast recht. Hier ist es warm. Eigentlich war es mir schon im Zug aufgefallen. Ich habe ihn nur der Einfachheit halber angezogen.« Er faltete den Mantel zusammen, mit dem Futter nach außen, und nahm ihn über den Arm.

»Passt er nicht in den Koffer?«

»Nein, der ist voll.«
»Willst du lange bleiben?«
»Mal sehn. Wenn es dir recht ist?«
»Mir ist es sehr recht. Wir müssen in die Richtung.«
Der kleine Platz war jetzt leer. Nach Mark waren keine Reisenden mehr aus dem Bahnhof gekommen. Ich zog ihn am Arm zum Straßenrand, in den Schatten der Zypressen. Wir gingen langsam. Sein Koffer stieß gegen mein Bein, und er nahm ihn in die andere Hand. Während ich sein Gesicht betrachtete, die tiefen Falten neben dem Mund, die schmale, gerade Nase und das Haar, das ihm noch immer lang in den Nacken hing, überkam mich ein Gefühl, das ich schon einmal erlebt hatte. Das Gefühl, dass ich ihn schon länger kannte als drei Jahre. Viel länger als seit dem Tag, an dem wir zum ersten Mal miteinander ins Bett gegangen waren, länger als seit dem Abend, an dem wir beim Schein der Kerzen, die einer der Kameraden aus der Mozes en Aaronkerk gestohlen hatte, saßen und lasen.
»Sie riechen nach Weihrauch«, sagt Mark und fängt an, einen gregorianischen Choral zu singen.
»Ich wusste nicht, dass du katholisch bist.«
»Ich bin ein Renegat, seit ich fünfzehn bin. Aber ich komme aus keiner frommen Familie. Meine Mutter, die war gläubig, und mein Vater, na ja ...«
»Bist du beichten gegangen?«
»Ja, das gehörte dazu. Aber als ich einmal merkte, dass ich nicht gleich tot umfalle, nachdem ich eine Sünde verschwiegen hatte und trotzdem zur Kommunion gegangen war, sah ich alles anders. Die Angst war weg. Und Angst hält die Schäfchen beisammen.«
»Vielleicht war es keine Sünde.«
»Oh doch.«
»Was hattest du getan?«

»Mit Mädchen ins Gebüsch gegangen.« Er lacht. »Unkeusche Spiele. Ihnen die Hose ausziehen und fühlen. Sie haben es sich gern gefallen lassen. Ich hätte mildernde Umstände anführen können, denn sie hatten mich provoziert. Ich war damals ungefähr zehn Jahre.«

»Du warst früher dran als ich.«

»Aber das hast du inzwischen gut aufgeholt.« Die Kerzen beleuchten sein Gesicht von unten. Ich sehe, wie er sich kurz auf die Unterlippe beißt. Es ist ein Zeichen, das ich sofort begreife, als wäre er nie ein Fremder für mich gewesen.

Jetzt machte er es wieder.

»Soll ich deinen Mantel tragen?«

»Nein, es geht prima so.«

»Du hättest ihn nicht mitnehmen sollen.«

»Ich habe dir doch schon gesagt, dass es kalt war. Dort liegt noch Schnee.«

»Hier hat es auch geschneit. Als ich ankam, haben sie mir erzählt, dass es seit hundert Jahren nicht so viel Schnee gab.«

»Das hast du geschrieben.«

»Oh, du hast es gelesen.«

»Warum sollte ich deine Briefe nicht lesen?« Er starrt vor sich hin, die Augenbrauen hochgezogen. »Du willst also bleiben?«

»Im Moment schon. Mir gefällt es. Ich will versuchen, eine Arbeit zu finden. Im Herbst Trauben pflücken. Das wird anständig bezahlt.«

»Das könnte hart werden.«

»Das schreckt mich nicht. Ich will auch noch nach Nordafrika, mit einem Frachter.«

Wir haben verabredet, uns auf der Terrasse von La Marenda in Banyuls zu treffen. Gilbert muss zuerst noch ein paar Dinge für seinen Vater, einen Winzer, erledigen. Ich bin positiv überrascht, dass er arbeitet. Er sagt, er habe in Toulouse Wirtschaft studiert. Ich laufe die Bucht entlang Richtung Cap Doune und komme am Haus von Aristide Maillol vorbei, das in einem üppig wuchernden Garten liegt. Zwischen zwei Eukalyptusbäumen steht eine Frauenfigur aus Bronze. Ihre Brüste und der Bauch schimmern golden, als ob sie regelmäßig poliert würden. Über dem Meer hängt ein dunkler Himmel, es wird kühler, der Tramontane kommt auf. Ich laufe zurück, gegen den Wind, der an den Palmkronen reißt, Fensterläden klappern lässt, einen Schneeschauer aus schaumigen Flocken über den Kieselstrand treibt. Das Wirtshausschild von La Marenda schwingt knarrend hin und her. Von der Terrasse holt ein Kellner die Tischdecken rein.

Von einem der Fenster aus blicke ich über die leere Promenade.

»Der Mann, mit dem du gestern in der Fontaulé gesessen und dich unterhalten hast, der fährt doch regelmäßig nach Algier?«

»Du meinst Antoine?«

»Seinen Namen weiß ich nicht.«

»Antoine Sagols.«

»Nimmt er manchmal Passagiere mit?«

»Warum? Willst du rüber?«

»Ja, ich will nach Algiers. Demnächst.«

In der Marmorplatte sind rote Adern, von denen eine unter Gilberts Notizbuch verschwindet. Er rechnet, mit einem Bleistift, den er vom Kellner geliehen hat. Der blaue Pullover, den er trägt, lässt seine wettergegerbte Haut violett schimmern. Es kann auch am Licht liegen. Er rechnet und rechnet, angestrengt, als ob seine Rechnung nicht aufginge.

»Du hast ja noch einiges vor. Willst du denn überhaupt noch zurückkommen?« Er stellte den Koffer ab und legte seinen Mantel darauf. Wir standen weit oben. Links von uns war ein Stück Bucht zu sehen, mit dem Leuchtturm; rechts in der Ferne fingen die kahlen Ausläufer der Pyrenäen an.

»Das auch.« Ich zeigte ihm die Asphaltstraße, die hinter der Bucht hinaufführte, in die Berge. »Dort geht es nach Port-Vendres.«

»Warst du schon mal da?« Er trocknete mit dem Taschentuch sein Gesicht.

»Ich bin regelmäßig dort. Man kann zu Fuß hingehen. Es ist ein schöner Weg. Es gibt auch einen Bus, der hinfährt.«

»Ist es so wie hier?«

»Nein. Es ist ein kleiner Hafen. Ich bin einmal in der Nacht von dort zurückgelaufen, nachdem ich eine ganze Flasche Wein getrunken hatte.«

»Ganz alleine getrunken?«

»Mit Freunden.«

»Freunde hast du hier auch schon?«

»Ja.«

Noch immer weht der Tramontane. Es ist nach zehn, als wir auf der dunklen Promenade stehen, die von der aufstiebenden Gischt nass ist. Das Meer schlägt gegen die weißen Rümpfe der Fischerboote weit oben am Strand. Ich habe gesagt, dass ich allein zurückgehe. Wir haben den ganzen Abend mit Gilberts Freunden, meist Katalanen, in La Marenda verbracht. Von dem, was geredet wird, verstehe ich nur ein Zehntel. Sie trinken Pastis, und weil ich keinen mag, hat Gilbert für mich eine Flasche Wein bestellt. Er versucht, mir die Witze zu erklären, die erzählt werden. Wegen der ständigen Lachsalven entgehen mir aber die meisten Pointen.

Langsam reicht es mir, es macht mich müde, ich fühle mich als fünftes Rad am Wagen, auch wenn mich die Frauen der Gruppe ständig anlächeln, was mir auch nicht gefällt. Vielleicht macht mich der Wein aufsässig. Als wir vor der Tür stehen, hämmert mein Kopf, drückt mich der Magen; ich würde am liebsten davonrennen.

»Ich lasse dich nicht allein gehen. Der letzte Bus fährt nur bis Port-Vendres.«

»Dann geh ich den Rest zu Fuß.«

»Die Straße ist nicht beleuchtet.«

»Ich kenne den Weg wie meine Westentasche.«

»Aber der Tramontane …«

»Ich komme aus einem Land, wo es immer windig ist.«

»Ich begleite dich.«

»Nein, Gilbert. Lass mich.«

»Bleib über Nacht.«

»Nein.«

»Gut. Dann nehme ich heute Nacht eine andere.«

»Merde!« Ich schlage seine Hand weg, die meinen Oberarm umklammert, und mache kehrt.

»Sepha, petite sotte!« Er schreit es mir nach, während ich losrenne, hinein in die Dunkelheit, in ein immens großes Loch voll Wind, Böen, die an meiner Jacke zerren, mir die Haare vors Gesicht peitschen, das Meerwasser gegen meine Beine spritzen.

»Sollen wir mal wieder?« Mark ergriff seinen Koffer. Er sah aus wie der erste Ausländer der Saison, fehl am Platz in seinen schwarzen, holländischen Schuhen und dem schwarzen Mantel. »Ich kann mir vorstellen, dass du nicht gern zurück möchtest.« Er ging jetzt direkt neben mir.

»Man braucht hier nicht viel, man lebt billig.«

»Du siehst gut aus.«

»Das hast du schon mal gesagt.«

»Ich sage es noch einmal, wenn ich darf. Du hast noch nie so gut ausgesehen. So kenne ich dich nicht.«

»Nein? Dann ist das wohl ein Erfolg.«

»Ist es noch weit?«

»Siehst du das weiße Haus? Dort ist es.«

Ich zeigte auf das Haus der Ponsaillers. Es stand höher als die anderen Häuser in diesem Teil des Dorfes. Der Mimosenstrauch war ein flauschiger, gelber Fleck vor dem Balkon mit den grünen Gitterstäben. Ich sah Janine kurz aus dem Haus kommen und gleich wieder hineinrennen. Um zu sagen, dass er kam. Ich hatte ihm nicht gesagt, dass alle von seinem Kommen wussten, dass er schon erwartet wurde, bevor er überhaupt an eine Reise hierher dachte. Sie kannten ihn, sie wussten, warum er kam, sie wussten mehr als ich. Ich ging ihm durchs Gartentor voran. Kein Mensch war zu sehen. Sie saßen hinter dem Küchenfenster und beobachteten uns, es gab kein Entkommen. Die Haustür stand offen, und man hörte auch schon Madame Ponsaillers Stimme: »Madame Courtis, Madame Hollet, venez, le voilà, le jeune mari, le voilà …«

Sie drängelten sich im Eingang zur Küche, spähten über die Schultern, kamen in den Flur, vor uns die Familienmitglieder, hinter uns die Nachbarinnen, und Mark, offensichtlich aus der Fassung, schüttelte Hände und gab einsilbige Antworten auf lange Fragen nach seiner Fahrt und ob er im Zug habe schlafen können und wie er mein Aussehen finde und wie ihm das Land gefalle – pays pittoresque et plaisant, pays de lumière, de soleil et de joie, ich kannte die Anpreisungen in- und auswendig, sie waren nicht übertrieben – und wir nickten und gingen die Treppe hinauf, fühlten, wie sie uns mit den Augen hinaufschoben, bis zu der dunklen Diele, wo wir zusammenprallten und ich nach der Türklinke suchte.

Das Zimmer war kühl und dämmrig. Die Jalousien waren heruntergelassen. Über das dunkelbraune Linoleum fiel streifig der Schatten. Es war aufgeräumt worden. Der Korb mit den Einkäufen stand auf dem Tisch.

»Das ist mein Zimmer.« Ich zog die Jalousien hoch und machte eine weite Geste. Auf den Waschtisch aus marmoriertem Holz mit Schüssel und Wasserkanne, die verblichenen Drucke auf der moosgrünen Tapete, auf die zwei Stühle, das große Bett mit der gehäkelten Überdecke, auf den Spiegelschrank, das Bildnis des alten Monsieur Ponsailler, auf die Lampe, auf der ein rotes Seidentuch mit Quasten hing. »Meins«, sagte ich und tippte an die Quasten, damit er die Glöckchen hören konnte.

»Verrückt«, sagte Mark. Er hatte sein Jackett ausgezogen. »Glöckchen an einer Lampe. Wer ist denn hier der verspielte Geist?«

»Den Ponsaillers traue ich das nicht zu. Vielleicht ein früherer Bewohner. Wie findest du es sonst?«

»Ein schönes Zimmer.«

»Ja.« In diesem Augenblick war es einzigartig. Ich hatte das Gefühl, dass wir zum ersten Mal zusammen in einem Zimmer waren. Ich hängte seinen Wintermantel in den Schrank. Ich war froh, ihn nicht mehr zu sehen; er hatte mich von Anfang an gestört. Vor dem kleinen Spiegel über dem Waschtisch kämmte ich mich. Ich hielt die Hände ins lauwarme Wasser der Wasserkanne und machte mein Gesicht nass.

»Willst du dich auch frisch machen?« Ich dachte, er stünde hinter mir. Das Wasser lief mir in den Ausschnitt, auf meinen Bauch. Ich schauderte, griff mit geschlossenen Augen nach dem Handtuch.

Er lehnte über der Brüstung und rauchte. Ich stellte mich neben ihn und deutete auf die geschlossene Tür rechts neben uns. »Das andere Zimmer ist gleich nebenan.«

Er starrte weiter vor sich hin. »Ich habe einmal mit einem Freund eine Radtour in die Ardennen gemacht. Wir hatten ein Zelt mit. Es hat vier Tage geregnet, am Stück. Am fünften Tag wurden wir von der Sonne geweckt, die durch einen Spalt ins Zelt schien. Wir krochen heraus und stiegen auf einen Berg, vor dessen Besteigung wir uns all die Tage gedrückt hatten. Oben angekommen sahen wir eine Landschaft mit langen Hügelketten vor uns, mit Wäldern, kleinen Burgen und einen Fluss mit Stromschnellen. Wir stießen uns an und begannen zu schreien, unsere nassen Kleider dampften, und wir rannten hinunter, ins feuchte Gras einer Wiese, völlig außer uns über das, was wir entdeckt hatten.«

»Willst du das Zimmer sehen?« Ich zog ihn mit mir über den Balkon und stieß die Tür auf. Der muffige Geruch eines ungenutzten Raums. Auf dem Tisch stand eine Vase mit Mimosenzweigen, offenbar von Janine hingestellt.

»Ein völlig anderes Zimmer, kleiner …«

»Einzelzimmer.«

»Das hättest du auch nehmen können.«

»Ich habe es nicht genommen. Du wolltest doch ein Zimmer für dich, das hast du doch geschrieben?«

»Ja.«

»Wenn du willst, kannst du hier in Ruhe arbeiten.«

»Das habe ich vor.«

»Bist du jetzt fest bei der Zeitung?«

»So gut wie. Ich habe den Auftrag für eine Reportagereihe.«

»Du hast gesagt, dass du keine Vorschüsse aufnehmen wolltest.«

»Ich fand, dass ich das jetzt machen kann.«

»Und warum jetzt?«

»Verstehst du das nicht?«

»Nein, das verstehe ich nicht.«

»Ich war neugierig auf dich, wie es dir hier geht.«

»Ach ja?«

»Ob du allein bist.«

»Mit wem sollte ich hier sein?«

»Mit jemandem, den du hier kennengelernt hast.«

»Und das würdest du schlimm finden.«

»Ich habe so was schon vermutet, als du sagtest, dass du hier Freunde hast.«

»Willst du etwa den Aufpasser spielen?«

»Wenn ich ungelegen komme, musst du es sagen.«

»Das fängt gut an. Willst du mir Vorwürfe machen?«

Einer gegenüber dem anderen, mit dem Bett zwischen uns. Die Überdecke lag vollkommen glatt darauf. Meine Knie streiften an der hölzernen Bettkante entlang.

Das Bett meiner Eltern mit den aufgebauschten, von einer Rolle gestützten Kissen. Wenn ich daraufschlage, bleibt eine Kuhle. Ich ziehe die Überdecke gerade und gehe zum Waschtisch, drehe den Hahn auf und ziehe meinen Schlafanzug aus. Ich öffne die Tür einen Spalt und lausche. Kein Ton zu hören. Ich bin allein hier oben. Leise schließe ich die Tür und drehe den Schlüssel um. Vor dem großen Spiegel des Wäscheschranks bleibe ich stehen und streichle meine Brüste, spüre meine Brustwarzen rau an meinen Handflächen. »Es wird Zeit für einen Büstenhalter«, sagt meine Mutter. Sie hat schon einen gekauft, aber er ist noch zu groß, und ich ziehe ihn nicht an. Ich öffne den Wäscheschrank und nehme einen Schal vom untersten Brett, halte ihn vor mich, lasse ihn langsam bis zur Taille sinken, beuge mich vor, damit meine Brüste größer wirken, betrachte mich von der Seite. Ich binde mir den Schal um die Taille, lege die Hände auf meine Schamhaare und nähere mich dem Spiegel. Mein Gesicht glüht. Ich kriege eine Gänsehaut.

»Willst du?« Er hielt mir sein Zigarettenpäckchen hin, und ich nahm eine. Eine Zigarette bedeutet Aufschub, man kann etwas verschieben, eine Möglichkeit zum Ausweichen suchen. Über das Bett hinweg gab er mir Feuer. Ein Funke fiel auf die Überdecke. Ein schwarzer Punkt. Er sah mich an, ein Auge wegen des Rauchs zugekniffen.

»Du hast einen braunen Hals.«

»Natürlich. Ich sonne mich hier jeden Tag.«

»Ich finde, du hast dich verändert.«

»Ich habe mich nicht verändert. Vielleicht kennst du mich nicht gut genug.«

»Das kam mir in den Sinn, in Amsterdam. Ich habe mir vorgestellt, wie du bist.«

»Hattest du denn Gelegenheit dazu?«

»Ich habe mich gefragt, was du tust. Ich wollte dich sehen. Ich wollte mit dir reden.«

»Wir haben schon so viel geredet. Es hat nie was gebracht.«

»Ich weiß. Aber jetzt ist es anders.« Für Gespräche wie diese schien es nur Allgemeinplätze zu geben. Sie waren vorhersehbar, von Minute zu Minute.

»Anders für dich?«

»Auch für dich, scheint mir. Lass uns nach nebenan zurückgehen.«

Wir gingen über den Balkon, einen mit heißer Luft gefüllten Korridor. Ich ließ die Jalousien herunter.

Mark lehnte seinen Koffer an die Wand, zog die Schuhe aus und setzte sich aufs Bett.

»Wo bleibst du?«, fragt Gilbert.

Ich lege mir das rote Cape wieder um, das unter meinem Kleid liegt. Ich stehe am Fußende, er sitzt am Kopfende und gießt Wein in die Gläser, die uns die Patronne des Hotels auf das Nachtschränkchen gestellt hat. Er behält mein Glas bei sich, also muss ich zu ihm und es holen. »Qu'est-que tu veux? Jouer à cache-cache, non?« Er lacht und zieht mir das Cape von den Schultern.

Ich warte noch mit dem Trinken. Am liebsten würde ich alles noch kurz hinauszögern, noch ein wenig so, mit dem Glas in der Hand, auf dem Bettrand in dem Hotelzimmer sitzen, wo nur das Licht über dem Waschtisch brennt. Aber Gilbert nimmt mir das Glas weg und legt mich auf den Rücken.

»Mir scheint, dass auch deine Brüste braun sind.« Ein Spiel, aber es berührte mich, weil ich den Blick kannte, mit dem er zu mir hersah.

»Ja, du hast recht.«

»Wo kannst du hier denn nackt sonnen?«

»Auf dem Balkon, mit einem Laken über dem Geländer. Und es gibt viele kleine Strände zwischen den Felsen. Man muss sie kennen.«

Er schob mit dem Fuß seine Schuhe weg und nickte ein paarmal ohne aufzusehen, mit zusammengezogenen Brauen, als ob er alle möglichen Spanner vor sich sähe, die mir tagtäglich hinter den Felsen auflauerten. Ich bekam Lust, mich auszuziehen, als ich sah, wie sein Gesicht finster wurde, angespannt, gierig. Aber ich wartete noch einen Moment.

»Ich bin ganz und gar braun.«

»Überall?«

»Ja, überall. Sieh mal.« Und ich zog mich aus, ich warf meine Kleider auf den Boden, stellte mich vor ihn, streckte die Arme in die Höhe und drehte mich langsam um. »Siehst du?«

Er war aufgesprungen und seine Augen wanderten über meinen Körper. Er streichelte meine Brüste, ließ seine Hände über meinen Rücken wandern, über meine Schenkel; seine Fingerspitzen berührten die Innenseite. Er küsste mich dort.

»Du hast eine schöne Haut. Ich steche gegen dich richtig ab.«

»Zeig mal.«

Ich musste über seinen kreideweißen Körper lachen, den er an mich presste.

Ich muss es ihm sagen, denke ich, bevor er es selbst merkt. Er muss es wissen.

Ich trete meine Schlafanzughose, die am Fußende liegt, zu einem Knäuel. Kurz bleiben meine Zehen am Gummizug hängen.

Er stützt sich auf den Ellbogen und versucht, im Dunkeln mein Gesicht zu erkennen. Die Kerze neben dem Bett ist heruntergebrannt. Ich kreuze meine Arme vor dem Bauch. Mein linker Fuß streift seinen Oberschenkel.

»Ich hab noch nie …«

Er lacht und streichelt mein Bein, lässt die Hand auf meinem Knie.

»Du machst nicht den Eindruck … ich dachte …«

»Ich weiß, was du gedacht hast, als ich sagte, dass ich mir dir ins Bett will.«

»Wenn du willst, dass wir …«

»Nein, Mark. Ich will, jetzt.«

Der Himmel ist ein wenig heller als die Häuser, die wie eine nur angedeutete Kulisse hinter dem

Fenster aufragen. Das rhythmische Brummen der überfliegenden Flugzeuge. Ich sollte es nicht hören müssen. Nicht jetzt. Ich ziehe ihn zu mir und mache ganz von selbst die Beine breit. Seine Bewegungen sind behutsam. Der Schmerz, den ich empfinde, geht schnell vorbei.

Meine ausgestreckten Füße berührten die Rückseite des Betts. Die Lichtstreifen der sich bewegenden Jalousien flimmerten. Wir rauchten eine Zigarette, und weil der Aschenbecher auf dem Boden stand, musste er sich immer wieder über mich beugen, und wir fingen wieder von vorn an.

Auf dem Balkon tranken wir, im Schatten der Mimose, Wein aus dem selben Glas. Vermutlich stand in dem anderen Zimmer auch noch eines, aber ich beließ es dabei. Ein Junge kam vorbei, mit einer Ziege am Strick. Ab und zu schlug er dem Tier auf die Flanken. Links neben den Bergen war ein graublauer Streifen – Meer oder Himmel, man sah keine Trennlinie – und davor lag das Dorf in einer Mulde aus Wärme, jedes Gebäude, jedes Haus zeichnete sich scharf vor den dunklen, kahlen Hängen im Hintergrund ab. Mark konnte den Blick nicht davon lösen, während er mir das Glas reichte.

»Wenn man das sieht … Ich kann dich gut verstehen.«

»Hier vergisst man alles. Es geht ganz von selbst.«

»Was hast du gestern unternommen?«

»Gestern? Da bin ich nach Port-Vendres gewandert.«

»Gestern, nein, vorgestern, am Sonntag, habe ich mich in der Küche mit dem Gaskocher herumgeärgert.«

»Du musst das Ding mal reparieren lassen.«

»Ja. Aber er gab trotzdem Wärme ab, er hat das Küchenfenster aufgetaut. Warst du in Port-Vendres?«

»Ich bin auf dem Weg einem Mann mit einem Esel begegnet. Er fragte, ob ich weiß, wie spät es ist.«

»Hast du ihn gekannt?«

»Nein. Und ich wusste es nicht genau. Ich dachte, dass es ungefähr drei wäre.« Ich goss das Glas voll. Es war nicht mehr viel in der Flasche.

»Guter Wein.«

»Gewöhnlicher Landwein. Du wirst den Unterschied merken, wenn du Banyuls trinkst, den Wein aus der Gegend.«

»Hast du ihn oft getrunken?«

»Ein paarmal.«

»Allein?«

»Es ist kein Wein, den man allein trinkt.« Zwei Mädchen wurden auf dem Fußweg von zwei jungen Männern in blauen Overalls verfolgt. Kreischend verschwanden sie um die Ecke.

»Wie lange willst du bleiben?«

»Ich weiß es noch nicht. Hängt davon ab.«

»Wovon hängt es ab?«

»Ach.« Er machte eine Handbewegung, als würde er etwas über die Brüstung werfen. Er sah nach unten, dabei fiel sein Haar nach vorn. Mit den Fingern strich er es zurück. »Es war nicht so leicht, mich freizumachen.«

»Konntest du das Geld günstig tauschen?«

Er nickte. »Sogar sehr gut. Tinka kannte jemand bei einer Bank, einen Cousin. Von ihm habe ich auch den Tipp bekommen, wie ich das Geld am besten über die Grenze bringe. Einfach in einer zusammengefalteten Zeitung. Kein Problem. Aber der französische Zoll hat einen Belgier geschnappt, der mir gegenüber saß. Er hatte seine Francs aus der Brieftasche genommen und in den Schuh gesteckt. Und dabei hing mein Mantel neben mir, die Zeitung ragte halb heraus. Ich musste nur zeigen, was in meinem Portemonnaie war.«

Die leere Weinflasche war über den Balkon gerollt und im Spalt zwischen Geländer und Zementboden steckengeblieben. Wir sahen beide hin. Er war seit ein paar Stunden da. Ich hatte die ganze Zeit darauf gewartet, dass er ihren Namen aussprach; ich hatte sogar mehr oder weniger darauf hingearbeitet. Doch nachdem er jetzt gefallen war, jäh und unerwartet wie ein Stück Kalk, das von der Decke fällt, wusste ich zuerst nicht, wie ich reagieren sollte. Mark lehnte wieder über der Brüstung. Sein Hemd war knittrig. Er hatte es selbst gebügelt und dabei den Rücken ausgelassen.

»Wollte sie nicht mit?«

»Sie ist noch nie im Süden gewesen.« Er setzte sich neben mich, nahm das Glas vom Boden und ließ es zwischen seinen Händen kreisen.

»Ach wirklich?«

»Sie hatte schon Lust.«

»Ich hole noch eine Flasche Wein.«

»Sie ist mitgekommen.«

»Mitgekommen?«

»Bis Paris. Sie musste nach Paris.«

»Weißt du, dass sie hier denken, dass die Niederlande gleich hinter Paris anfangen? Paris ist für sie sehr weit weg. Die meisten sind noch nie dort gewesen.«

»Das stimmt. Es ist eine endlos lange Reise.«

»Du bist mit dem falschen Zug gekommen. Ich hätte es dir schreiben sollen. Du hättest den Barcelona-Express nehmen müssen. Der ist schneller. Er fährt morgens in Paris los und kommt abends hier an.«

»Das habe ich erst später gehört.«

»Kommt sie dir nach?«

»Naja … vielleicht … in einer Woche …«

»Einer Woche.«

»Sie hatte in Paris etwas zu erledigen. Sie wollte danach noch hier vorbeischauen.«

»Wirklich?«

»Ja. Sie hat so was gesagt.«

»Und du? Findest du, dass sie das tun sollte?«

»Nein. Ich wollte allein hierher.« Er stand auf, ging ein paar Schritte über den Balkon. »Ich hatte ihr gesagt, dass ich allein fahre. Ist doch klar. Ich habe keine Sekunde daran gedacht, dass sie mitkommen könnte. Sie saß im Zug. Erst hinter Haarlem kam sie in mein Abteil.«

»Nette Überraschung.«

»Ich werde ihr schreiben, dass sie nicht kommen soll. Das hatte ich mir übrigens schon unterwegs vorgenommen.«

»Du hättest es ihr auch sagen können.«

»Ja. Ja, das hätte ich natürlich tun sollen. Aber ich habe gedacht: Ach, vielleicht überlegt sie es sich doch anders, vielleicht ist es nur eine Drohung.« Er rieb fest über seine Stirn.

»Hast du ihre Pariser Adresse?«

»Ja.«

»Sie wird trotzdem kommen.« Mehr als die Hälfte des Balkons lag jetzt im Schatten. Ich hob die leere Flasche auf. »Ich gehe kurz Wein holen. Ich bin gleich wieder da.«

Madame Ponsailler saß mit einem Korb Bohnen auf dem Schoß in der Küche. Ihr Besuch war gegangen. Sie erhob sich und rief etwas, das ich nicht verstand. Ich rief auf gut Glück zurück, dass alles bestens sei, und machte, mit der Flasche winkend, dass ich aus dem Haus kam. Ein Tropfen fiel auf meinen Rock. Ein kleiner Blutfleck.

Das Mädchen zieht mich in der Schulpause unter das Dach des Fahrradschuppens. Sie hebt ihren Rock. Der Fleck ist auf ihrem Unterrock. Sie ist zwei Jahre älter als ich und ein Stück größer. Sie beugt sich zu mir und flüstert: »Siehst du es?« Ich starre auf ihr Gesicht und von dort auf den Rock. Auf ihren Kleidern ist Blut, und sie lacht. »Ich bin unwohl«, sagt sie. »Du noch nicht, oder?« Ich schüttle den Kopf. »Aber deine Schwester schon, na klar.«

Sie steht noch immer da, mit dem Rocksaum in den Händen. Auf ihrer Stirn sind ein paar Pickel. Ihre Haare streifen fast mein Gesicht. Ich trete ein Stück zurück und spüre die scharfe Kante eines Rücklichts in meine Kniekehle drücken. »Es ist alles in Ordnung«, sagt meine Mutter, »Ellen hat nur ein bisschen Probleme mit ihrem Bauch.« Sie schiebt mich im Flur beiseite und hastet mit meiner Schwester nach oben. Sie schließt das Schlafzimmer ab. Ich höre sie hin und her laufen und beruhigend reden; die Tür des Wäscheschranks quietscht, die Wasserleitung klopft. Dem Mädchen gegenüber gebe ich mich, als ob ich voll im Bild wäre.

Die Frau von der épicerie hat schwarze Augen mit dunklen Ringen, dichte Brauen und Haare auf der Oberlippe. Sie fragte, wie es le mari gehe. Ich sagte, alles sei wunderbar, und reichte ihr die leere Flasche. Im Gegenzug stellte sie eine volle auf den Ladentisch, eine schmierige, braune, mit Kratzern und Dellen überzogene Platte. Sie könne sich gut vorstellen, wie ich mich fühle, sagte sie. So eine Zeit ohne le mari, das sei doch nichts. Ich stimmte ihr zu. Während ich die Ladentür zuzog, nickte sie mir noch immer zu.

An der Ecke merkte ich, dass ich die Gasse weitergelaufen war, statt zurück. In fünf Minuten konnte ich wieder im Zimmer sein. Wir hatten nur noch eine Woche. Und dann? Was würde er tun? Er hätte genauso gut anderswohin fahren können; zum Beispiel nach Argelés, ein paar Kilometer nördlich von Collioure. Ich hätte es nicht erfahren müssen. Vielleicht wären wir uns dann auf einer Terrasse in Pergignan zufällig begegnet. – Oh, ihr auch hier? Das ist Gilbert. Ich kenne ihn schon, solang ich hier bin. Wir haben zusammen Karneval gefeiert, wir machen Bergtouren, wir schwimmen und liegen in der Sonne, wir essen und trinken zusammen und gehen miteinander ins Bett, ohne viel voneinander zu erwarten.

Auf dem kleinen Platz stank es nach Fisch. In der Fischhalle an der Ecke, einem dämmrigen Raum mit Bogenfenstern, standen Männer und Frauen an langen Tischen und sortierten den Fang. Ihre blauen Schürzen schimmerten. Ich lief die steil zum Strand abfallende Straße hinunter. Direkt am Wasser lag eine Reihe Fischerboote, in denen kleine Jungen spielten. Daneben, im Schatten der steilen Felswand, saßen die Netzflickerinnen, alte Frauen, ganz in Schwarz. Das Geräusch, das ich im Vorübergehen hörte, war etwas zwischen beten und singen. Ich stieg die aus dem Felsen gehauenen Stufen zu einer Art Terrasse empor, die von einer Brüstung aus grob behauenen Steinen eingefasst war, und suchte, mit dem Rücken zum Meer, das weiße Haus mit dem Balkon. Von hier aus war es gerade noch zu sehen. Vielleicht stand er dort und hielt nach mir Ausschau. Aber ich könnte ihn nur sehen, wenn er in der anderen Ecke stünde. Der Mimosenstrauch verdeckte den Blick auf meine Zimmertür.

Mehr nach rechts und viel höher lag die Ruine, wo ich vorgestern mit Gilbert war. Außerhalb der Saison kommt kein Mensch dorthin, sagt er. Wir haben in Port-Vendres gegessen und fahren mit dem Bus zurück. Eine Frau dreht sich zu uns um und fragt, wie es seinem Vater gehe. Sie sprechen Katalanisch miteinander. In der Kurve vor Collioure steigen wir aus. Als Gilbert mich auf dem mit lockerem Geröll übersäten, fast unbegehbaren Pfad nach oben zieht, fühlt es sich an, als müsste mein Kleid wie ein Heftpflaster von mir abgezogen werden. Wir liegen auf dem harten Gras hinter einer Mauer mit mehr als einen halben Meter tiefen Fensternischen. Wenn ich den Kopf um die Mauer recke, sehe ich die dunkle Küstenlinie bis Banyuls, das glatte Meer, kreuzende Yachten, sonntägliche Schwimmer, die grünen und rotbraunen Berghänge. Es gibt keinen Wind, kein Geräusch. Ich habe es noch nie draußen gemacht. Ich lasse die Augen offen. Der Himmel scheint in Spiralen auf mich zuzurasen, es macht mich schwindlig, ich kralle meine Nägel in seinen Rücken, auf den der Schatten der Mauer fällt. Ich werde müde, aber er will einfach nicht aufhören, er nimmt, was er bekommen kann. Ich wünschte, ich wäre allein hier.

Die Flasche wurde schwer in meiner Hand. Ich hatte nicht daran gedacht, sie abzustellen. Ich stand auf. Die alten Fischer, die sich hier regelmäßig trafen, grüßten. Ich nahm den kürzesten Weg zurück, quer über den Strand, über den kleinen Platz, am Postamt vorbei. Die Hühner im Vorgarten stoben wie bei einer Fremden davon.

»Ich dachte, du wärst nur kurz Wein holen.« Mark lag auf dem Bett. Neben sich auf dem Boden ein Aschenbecher voller Kippen.

»Das war ich auch.« Ich stellte die Flasche auf den Tisch, drehte den Öffner hinein und zog den Korken komplett heraus.

»Ist es so weit dorthin?«

»Nein. Ich mache ein bisschen was zu essen dazu. Ich habe Paté.« Aus dem Korb nahm ich das Baguette, die Paté und die Butter. Ich schob den Tisch ans Bett und setzte mich neben Mark. Während wir aßen und abwechselnd tranken, erzählte er, dass er in ein paar Monaten eine feste Stelle bei der Zeitung bekommen könne, in der Auslandsredaktion.

»Ich hätte schon große Lust. Was meinst du?«

»Wenn du Lust dazu hast, musst du es tun.«

»Ich habe mir ab und zu auch überlegt, mein Studium abzuschließen. Immerhin habe ich die Zwischenprüfung.«

»Warum wolltest du damals eigentlich Jura studieren?«

»Ich musste mich doch für irgendwas entscheiden?«

»Und dann wird es immer Jura.«

»Na ja, meinem Vater wäre die medizinische Fakultät lieber gewesen, aber das wollte ich nicht. Siehst du mich als Weißkittel?«

»Nein.« Ich musste lachen.

»Und du? Was hast du getrieben?«

»Wann?«

»Hier, meine ich.«

»Ich? Nichts. Auf dem Rücken gelegen.«

»Hat dir jedenfalls gut getan. Willst du mit zurück?«

»Aber ja.«

»In ein paar Wochen?«

»Einverstanden.«

»Ich habe ihr schon geschrieben, dass sie nicht kommen soll.«

Ich saß mit einem Stück Brot in der Hand da und starrte auf die Paté. Sie war braungrau. Es waren auch dunkle Bröckchen zu sehen, ein schwarzes Dreieck in der Mitte, glänzend wie Lakritze.

»Warum hast du dich hier mit ihr verabredet?«

»Es war ihre Idee, das habe ich dir doch schon gesagt.«

»Aber wenn du es jetzt nicht möchtest …«

»Sie wusste, was ich davon halte. In letzter Zeit habe ich gelernt, alles ganz anders zu sehen.«

Er hatte bereits gesagt, dass es anders sei, dass ich anders sei, und jetzt sah er es anders. Ich lehnte an seinen aufgestellten Beinen. Wir sprachen jetzt beide leiser, als hätten wir den Eindruck, belauscht zu werden.

»Aber glaubst du, dass sich auch etwas ändern wird?«

»Wir können es doch noch einmal versuchen.«

Ich gab keine Antwort.

»Sepha?« Seine Hand glitt langsam über meinen Rücken.

»Ja.«

Ich fühlte mich matt, meine Lider waren schwer. Ich hörte ihn sprechen, aber seine Stimme klang immer leiser, immer ferner. Ich musste mich anstrengen, um ihn zu verstehen, und nickte zum Zeichen, dass ich ihm zuhöre. Während ich die Beine ausstreckte, merkte ich, dass er nicht mehr auf dem Bett saß. Er packte seinen Koffer aus. Ich hörte, wie er sein Rasierzeug auf den Waschtisch legte, die Schranktür öffnete, seine Sachen aufhängte. Ich frage ihn, was wir mit dem anderen Zimmer machen sollen. Komm mit ins andere Zimmer, sage ich. Aber wir können die Tür nicht öffnen. Nur mit einiger Mühe schaffen wir es. In dem Raum sind eine Menge Leute, die sich um das Bett drängen, in dem jemand zu liegen scheint. Sie flüstern; es klingt wie Zischeln. Ich versuche, mich nach vorn zu drängeln. An der Seitenwand des Bettgestells wird eine Weinflasche zerschlagen. Was für ein schönes Blut, ruft eine Frau. Ich stehe direkt vor dem Bett. Ein alter Mann mit weißem Schnurrbart liegt darin. Seine Augen sind geschlossen, sein Gesicht ist gelb. Monsieur Ponsailler hält seinen Arm. Er hat seine Baskenmütze nicht auf, und ich sehe, dass er schwarze Locken hat. Das ist er, ruft er. Ich will zurücktreten, kann mich aber nicht wegbewegen. Als ich nach unten schaue, sehe ich, dass ich in einer roten, zähen Masse stehe. Meine Schuhsohlen kleben darin fest. Jemand zieht an meiner Schulter, um mich loszureißen.

»Willst du nicht endlich aufwachen?« Mark stand über mich gebeugt. Er hatte ein anderes Hemd angezogen. »Lass uns ins Dorf essen gehen. Ich habe Lust auf etwas Gutes.«

Es war dunkel, als wir aus der Gaststätte traten. Wir hatten sehr lange dort gesessen. Um uns herum wurde lärmend gegessen und reichlich getrunken. Mark schien erst jetzt loslassen zu können. Sein Gesicht war rot, von der Sonne und vom Wein. Er sprach lebhaft, stieß mit Gästen am Nachbartisch an, machte mir ständig Komplimente und streichelte unter dem Tisch meinen Schenkel. Beim Hinausgehen legte er den Arm um mich.

Aus der Fischhalle tönte jetzt Musik. Die Böcke, Bretter und Tonnen waren beiseitegeräumt. Mädchen mit langen, schwarzen Haaren, dicke Mädchen in knappen Pullis tanzten auf dem saubergespritzten Zementboden miteinander. Die jungen Männer standen schweigend und scheinbar unbeteiligt am Rand und rauchten. Wir stiegen zum Strand hinunter und gingen, vorsichtig über die Steine kletternd, Richtung Leuchtturm am Ende des Piers. Der Wind hatte aufgefrischt. Man roch das salzige Wasser, das gegen die Uferbefestigung schlug.

»Hier ist die Treppe.« Ich ergriff seine Hand.

Geblendet von den über uns hinwegstreichenden Lichtblitzen kletterten wir nach oben und fanden tastend das eiserne Geländer. In der Ferne pfiff ein Zug.

»Der Barcelona-Express.«

»Kommt er jetzt erst an? Ich bin eigentlich froh, dass ich den Nachtzug genommen habe. Wenn es hell wird, sieht man sofort, dass man im Süden ist. Und sobald man aus dem Tunnel kommt, sieht man das Dorf. Als wir in den Bahnhof einfuhren, habe ich dich gesehen. Ich dachte zuerst, du seist ein Mädchen von hier.«

Ich sagte ihm, dass es sich auch für mich manchmal so anfühle, als ob ich hier immer gelebt hätte. Ich mochte das Dorf, ich mochte die Menschen, die mich akzeptierten, die mir das Gefühl gaben, dazuzugehören. Ich stand auf dem kleinen Strand mitten unter den Fischerfrauen und winkte den Booten nach, fuhr mit zum Sardinenfischen. Nach dem Einlaufen half ich, die Körbe zu tragen. Im Laden redete ich über die Lebensmittelknappheit mit, über die Ernteschäden und dass alles so teuer geworden war. Ich gab meine Lebensmittelmarken für matière grasse und amerikanisches Dosenfleisch ab und lebte wie die anderen von nouilles und Bratfisch, von Brot und Wein und Obst. Ich war eine von hier. Ich war auf gut Glück verpflanzt und hatte Wurzeln geschlagen.

»Aber du hast doch gesagt, dass du mit zurück willst.«

Ich lehnte mich noch weiter über die Brüstung und sah in den Lichtblitzen seinen vorgereckten Kopf mit den wehenden Haaren. Ich wollte zurück. Ich wollte hierbleiben. Ich wollte mit Sagols' Orangenfrachter nach Algier. Ich wusste es nicht.

»Komm. Es wird kalt.« Wieder legte er den Arm um mich.

Hinter uns rollte das Meer zwischen den Steinen durch. Vor uns lag das Dorf, lauter kleine Lichtpunkte, ein Abendhimmel, der zwischen den Berghängen versunken war. Aus einem Haus hörte man Gitarrenmusik, ein Mädchen sang, aus dem Café des Sports, dessen Tür offen stand, drang Männerlachen. Wir schritten schneller aus, hielten uns an den Händen. Wir merkten, wie der Pfad anstieg, hörten, wie sich unser Atem beschleunigte. Ein Hund jaulte unterdrückt, als hielte ihm jemand das Maul zu. Im Gebüsch raschelten Tiere, die sich versteckten. Am Gartentor wartete jemand.

Sie stand mit dem Rücken zu uns, um sich herum Koffer und Taschen. Ich erkannte sie an ihren hellen Haaren. Wir verzögerten unsere Schritte. Mark ließ meine Hand los. Ich flüsterte:

»Der Barcelona-Express.«

Sie drehte sich um. »Hallo. Seid ihr es? Ich bin den ganzen Weg vom Bahnhof hergelaufen, mit meinem Gepäck. Man scheint hier kein Taxi zu bekommen.«

»Hier gibt es keine Taxis«, sagte ich.

»Ich dachte, du kommst erst in einer Woche.«

»In Paris war es sterbenslangweilig. Ich bekam auch Lust auf den Süden. Ich dachte: Warum soll ich in der Kälte bleiben? Ich habe heute früh den Express genommen.«

Hinter dem Küchenfenster zeigte sich ein Streifen Licht. Ich werde sagen, dass es seine Schwester ist, und dass ich plötzlich nach Amsterdam zurück muss. Ich habe schon so viel erfunden: darauf kommt es auch nicht mehr an.

»Ich bringe dich zum Hotel.« Mark nahm einen der Koffer.

»Ihr habt hier doch Zimmer?«

»Du gehst besser ins Hotel.« Er nahm noch eine Tasche. Kurz drehte er sich zu mir um: »Ich bin gleich wieder da.«

»Schade, dass du nicht hier wohnen kannst«, sagte ich. Ich stieß das Gartentor auf. Ohne zurückzusehen, schlich ich ins Haus und auf den Zehenspitzen an der Küchentür vorbei.

Die Lampe in meinem Zimmer verbreitete einen rötlichen Schein. Ich zog die Überdecke gerade und hängte das Kleid, das ich am Nachmittag getragen hatte, in den Schrank. Marks Wintermantel schob ich nach hinten, der Bügel schabte über die Stange. Unter dem Waschtisch standen seine Schuhe, akkurat nebeneinander. Ich schob den Fuß so dazwischen, dass ihre Absätze nun nach außen zeigten, faltete die Überdecke zusammen und legte sie über das Fußende des Betts. Ich trank einen Schluck Wasser. Mit Marks Kamm kämmte ich mir die Haare, während ich die Drucke an der Wand betrachtete: ein Blumenkorb, verblasst, eine kleine Kapelle, ebenfalls verblasst, beide in einem braunen Rahmen. Ich schleuderte meine Schuhe von den Füßen und legte mich aufs Bett, stand wieder auf, zog mich aus und kroch zwischen die Laken. Nur die Jalousien stießen ab und zu gegen die Fensterrahmen. Sonst war es still.

Und doch hörte ich etwas. Draußen knirschten die Schlacken. Ich hörte jemanden kommen. Jemand ging mit hastigen Schritten auf dem Pfad. Das Gartentor fiel zu. Schnelle Schritte auf dem Kies, im Flur, auf der Treppe. Ich erkannte seinen Schritt.

Freitag,

21. April 1950

Ich zog mir im Flur gerade den Mantel an, als das Telefon klingelte. Ich lief ins Zimmer und nahm den Hörer ab. Es war Yona. Ihre Stimme klang gehetzt.

»Bleibst du zuhause? Ich komme kurz vorbei. Ich bin in einer Viertelstunde da.«

»Was ist? Wo bist du?«

Als Antwort kam ein langer Summton. Ich legte auf. Ich hatte ihr sagen wollen, dass ich gerade weggehen wollte, aber sie hatte mir keine Gelegenheit dazu gelassen. Es ärgerte mich, dass ich nicht gleich reagiert hatte, dass ich mich von ein paar Sätzen von meinem Vorhaben abbringen ließ. Nachdem ich meinen Mantel an die Garderobe zurückgehängt hatte, ging ich ins Zimmer zurück.

Ich bin mit Mark aufgestanden. Wir haben mit Kaffee und Rühreiern gefrühstückt. Ich verspreche ihm, zur Wohnung zu gehen. Heute sollen Gas und Strom angeschlossen werden. Er gibt mir die Schlüssel.

»Du musst unbedingt um zehn da sein. Ich kann unmöglich weg.«

Ich sitze da und lasse die Schlüssel in meiner Hand gegeneinander schlagen. Sie hängen an einer Kordel. Der eine ist aus schwarzem Metall, der andere, der messingfarbene, hat eine eingravierte Nummer.

»Der größere ist für die Haustür, der andere für die Wohnungstür«, sagt Mark. Er zeigt darauf, mit dem Arm über dem Brotkorb. »Es ist ganz einfach. Du musst sie wirklich nicht so studieren.«

»Die seh ich gar nicht an. Es sind ganz normale Schlüssel.«

»Ja. Und es ist eine schöne Wohnung.« Er steht auf und knöpft sich das Jackett zu. »Du solltest dich freuen.«

Freuen, freuen. Manchmal versuche ich mir vorzustellen, dass hier mein erstes Zuhause ist, dass hier mein Leben angefangen hat, an diesem Abend '44. Aber es ist sinnlos. Im selben Augenblick sehe ich ein Zuhause vor mir, mit einem breiten Vestibül und einer Windfangtür aus Glas, durch die ich eines Tages falle. Ich schneide mir tief ins Handgelenk, die Wunde muss geklammert werden. Sechs Klammern. Davon habe ich noch immer eine Narbe. Im Treppenhaus ist ein rundes Treppenpodest, auf dem wir ›Bäumchen, Bäumchen, wechsle dich‹ spielen, mit den Schlafzimmerstühlen als Bäume. Ein paar Häuser weiter, an der Ecke, ist der Blumenladen, zu dem ich mit meiner Schwester gehe. »Nimm sie fest an die Hand«, sagt meine Mutter. In dem Geschäft hängt ein schwerer, süßlicher Geruch, der mir fast den Kopf zerreißt. Aber es ist auch die Hand des Floristen. Seine Finger krallen sich in mein Haar. Und da ist die Hand meines Großvaters, der bei uns zu Besuch ist und über meinem Kopf ein Gebet spricht. Wir müssen daran denken, am Samstag keinen Lichtschalter zu berühren, keinen Bleistift und kein Papier anzufassen, keine Streichhölzer anzuzünden, die Milch nicht in die Nähe von Fleisch zu stellen. Er sagt: »Du ähnelst deiner Großmutter.« Ich schaue in den Spiegel und gebe mir Mühe, mich mit weißem Haar zu sehen, mit dem am Hinterkopf eingeflochtenen falschen Zopf, mit einer Diamantnadel am schwarzen Kleid. Ich bin nach ihr benannt. Ich kann keine Ähnlichkeit entdecken.

Nachdem Mark gegangen ist, bleibe ich am Frühstückstisch sitzen und spiele mit den Schlüsseln der Wohnung, die ich noch nicht kenne. Was soll ich dort? Sie ist leer, hat kalte Fenster, nackte Wände, Dielen, die knarren. Ich habe keinerlei Beziehung dazu. In einem anderen Haus zu leben bedeutet, etwas aufzugeben, wieder von vorn anzufangen und neue Erinnerungen mit den früheren zu verknüpfen, wodurch einem die früheren immer fremder werden.

Es regnete. Ich hatte mich auf die Fensterbank gesetzt, um auf Yona zu warten. Der Regen zeichnete Kringel ins Wasser der Gracht. Ich begann, die Fenster im Gebäude gegenüber zu zählen. Das hatte ich schon öfter getan, war mir aber nicht sicher, wie viele es genau waren. Mit dem Finger ans Fenster tippend, kam ich auf dreiundachtzig – siebzehn Dachfenster und sechsundsechzig große Fenster in drei Reihen von jeweils zweiundzwanzig. Danach fing ich mit den Türmchen an, wurde aber von einer dicken Frau abgelenkt, die vor dem Gebäude stehengeblieben war. Sie holte einen grünen Schal aus ihrer Einkaufstasche, schüttelte ihn kräftig aus, als ob sie damit etwas abgestaubt hätte, und versuchte, ihn um den Kopf zu binden. Der Wind wehte ihn immer wieder weg. Sie stellte ihre Tasche aufs Fensterbrett und warf den Kopf in den Nacken, so dass ihr der Regen aufs Gesicht tropfte.

»Da ist die verrückte Germaine«, sagt Gilbert.

Sie trägt einen roten Badeanzug, aus dem überall ihr üppiger Körper quillt. Kichernd kommt sie hinter einem Felsen hervor. Als sie über die Steine zum Meer schwankt, verliert sie das Gleichgewicht. Sie kreischt. Das letzte Stück legt sie auf Händen und Füßen zurück. Als ihr das Meer bis zum Knie reicht, beugt sie sich vor, zieht etwas durchs Wasser und hält es mit ausgestrecktem Arm, weit nach hinten gebeugt, über ihr Gesicht. Sie lacht, lässt die Zunge aus dem Mund hängen.

»Was macht sie nur?«

»Sie hat ein Röhrchen, durch das sie das Meer laufen lässt.« Er liegt ausgestreckt da, mit gespreizten Beinen. Zwischen seinen Brusthaaren glänzt eine Silbermünze an einer Kette. Germaine zieht das Röhrchen noch mehrere Male durchs Wasser und kommt dann in unsere Richtung. Ihre Schenkel schwabbeln gegeneinander. Gilbert bleibt reglos liegen. Nur seine Brust hebt und senkt sich kaum sichtbar, als versuche er, die Luft anzuhalten.

»Wir kriegen Besuch«, sage ich leise.

»Stell dich schlafend, sonst haben wir sie den ganzen Morgen am Hals.«

Es war mir nicht schwergefallen, mich von ihm zu verabschieden. Er nahm mich allmählich zu sehr in Beschlag. Mark war gerade rechtzeitig gekommen. Ich begegne ihm noch ein paarmal, in Port-Vendres, in Banyuls, und wir grüßen uns wie Leute, die sich oberflächlich gekannt haben. So sollte es immer sein. Und genauso ist es, als ich eines Morgens mit Mark vor dem Café des Sports sitze, gegenüber dem Château von Collioure. Er will wissen, wer der Mann ist, dem ich zuwinke, als er vorbeikommt. Gilbert hebt die Hand, nickt und dreht sich noch einmal um.

»Hast du was mit ihm gehabt?«

»Wie kommst du darauf?«

»Natürlich hast du was mit ihm gehabt. Er sieht gut aus. Und eine Frau hier, allein …« Lange sieht er Gilbert nach, als ob er an dessen Rücken etwas entdecken könne, das ihn bestätigt. Ich frage mich, ob er jetzt einen Gedankensprung zu Tinka und den geilen Typen in Cannes macht. Sie ist am Tag nach ihrer Ankunft dorthin weitergefahren. Ich habe sie nicht mehr gesehen. Sie schickt eine kolorierte Ansichtskarte von einem weißen Hotel in einem Palmengarten, mit herzlichen Grüßen, an uns beide.

»Fair von ihr.«

»Oh, sie ist sehr großzügig«, sagt Mark. Er nimmt die Karte wieder in die Hand und betrachtet sie genau, »so, so, dort wohnt sie also.«

»Wärst du lieber mit ihr gegangen? Bei ihr ist alles ein bisschen luxuriöser.«

»Mir gefällt es hier.«

Die dicke Frau war weitergelaufen. Ein Junge in schwarzen Schaftstiefeln sprang in eine Pfütze. Es spritzte über den Gehsteig. Er kam noch einmal zurück und stampfte jetzt mit einem Fuß ins Wasser. Die Wirkung schien ihn zufriedenzustellen, denn er ging weiter.

In der ersten Zeit nach unserer Rückkehr aus dem Süden sah es so aus, als hätten wir die Stimmung, in der wir dort lebten, mitgenommen. Aber es hält nicht lange vor. Jetzt ist es die Arbeit bei der Zeitung, weshalb Mark sehr unregelmäßig nach Hause kommt. Er hat auch Nachtschicht. »Du musst etwas tun«, sagt er, »du musst dir etwas suchen.«

»Was denn? Ich wüsste nicht, was. Ich kann nichts.«

Trotzdem beschäftigt es auch mich. Ich sehe mir Annoncen an, notiere Adressen, wo Modelle gesucht werden. Damen mit viel Freizeit können attraktive Nebenverdienste finden. Bei der Konfektionsfabrik, die ich aufsuche, höre ich, meine Maße seien nicht gut. Und die Nebenverdienste lasse ich sausen. Ich fühle mich nicht dazu berufen, Kaffeemaschinen vorzuführen. Im Winter bekomme ich wieder meine Angina und liege mit hohem Fieber im Bett. In Collioure war es nach ein paar Tagen vorbei, hier dauert es Wochen. Es geht Mark auf die Nerven, wenn ich krank bin; er treibt sich wieder länger in der Stadt herum und kommt manchmal erst spät in der Nacht nach Hause. Er weiß, dass Yona für mich sorgt. Kurz nach unserer Rückkehr spricht sie spöttisch von unserer »idealen Ehe«. Jetzt sagt sie nichts, aber ich sehe ihr an, was sie denkt.

Es regnete noch immer. Ich sah auf die tropfenden Bäume. Die Bäume werden mir fehlen, und das Wasser. Überall, wohin ich kam, musste ich zuerst aus dem Fenster sehen. Manchmal kann eine gute Aussicht die Einrichtung wettmachen.

In Thomas' Atelier gibt es keine Fenster, nur ein Glasdach. Ich lerne ihn in einem winzigen Saal beim Nieuwmarkt kennen, wo Kurzfilme gezeigt werden. Wir sitzen auf niedrigen, dicht an dicht stehenden Bänken. Hinter mir weiß jemand nicht, wo er seine Beine unterbringen soll, immer wieder drücken diese Knie in meinen Rücken. Ich rutsche ein wenig nach vorn und kollidiere mit einem Mann in dunkelblauem Strickpullover. Er dreht sich um, fragt, ob er mir im Weg sitze, ob ich etwas sehen könne. Er hat ein längliches Gesicht mit schmalen Augen unter einer hohen Stirn und einen breiten Schnurrbart, dunkler als sein Haar. Er schlägt vor, die Plätze zu tauschen. Während wir über die Bank steigen, geht das Licht aus. Ich halte mich kurz an ihm fest, unsere Beine berühren sich. Nach dem Film bringt er mich nach Hause. Er sagt, er sei Maler. Ich verspreche ihm, mir sein Atelier einmal anzusehen.

Das Glasdach verschafft mir anfangs ein neues Erlebnis, das Gefühl, in einer Kajüte zu liegen. Als ich eintrete, legt er gleich die Pinsel beiseite. Offenbar malt er aus reinem Pflichtgefühl; er kann jeden Moment damit aufhören. »Mach ruhig weiter«, sage ich. Er versteht nicht, dass ich gern jemandem zuschaue, der beschäftigt, in seine Arbeit vertieft ist und trotzdem weiß, dass ich da bin. Einfach auf seinen Rücken sehen, mir überlegen, wer wohl den Pullover gestrickt hat, den Geruch der Farben einatmen, in einer Zeitschrift blättern, die graue Katze streicheln. Aber er will immer gleich, er lässt mir nicht einmal Zeit, in Stimmung zu kommen. Und dann sind da noch die Kinder. Ich höre, wie sie über den Spitzboden scharren. Sie zwängen sich durch das Dachfenster, robben auf dem Bauch zum Rand des Oberlichts und drücken sich auf dem Glas die Nasen platt.

»Wo kommen die Kinder her?«

»Von den Nachbarn.«

»Unternimmst du nichts dagegen?«

»Durch das Drahtglas können sie nichts erkennen.«

»Warum schauen sie dann?«

»Ach, lass sie doch. Sie machen das schon so lange.«

Ich wandte mich vom Fenster ab. Die Viertelstunde war bereits um. Das war typisch Yona, viel zu spät zu kommen, über Dinge zu geheimnissen, die völlig belanglos sind. »Für die braucht man eine Bedienungsanleitung«, sagte Mark einmal. »Wenn man vergisst, sich daran zu halten, reißt man alle Wunden auf.«

»Deshalb heilen sie nicht, denn darauf nimmt keiner Rücksicht.«

Ihr Gesicht war blass. Sie hatte dunkle Augenringe. Die nassen Haare hingen in Strähnen herunter. Ich hängte ihren Regenmantel an einen Haken über dem Spülstein. Als ich wieder hereinkam, stand sie mitten im Zimmer und rieb ihre Brille trocken. Ich drückte sie auf einen Stuhl, setzte mich ihr gegenüber, betrachtete meine Nägel, zupfte mir ein Fädchen vom Rock und strich meine Nylons glatt. Wir hatten einmal Besuch von einem Ehepaar, der Mann hatte etwas mit Mark zu besprechen. Nach fünf Minuten zog die Frau eine Nagelfeile aus ihrer Tasche und begann ihre Nägel zu bearbeiten. Als ihr Mann aufstand, strich sie sich den Rock glatt und sagte: »So, das ist wenigstens erledigt.« Es waren ihre ersten Worte.

Yona saß vornübergebeugt, die Brille in ihrer Hand. Sie ließ sie um den Bügel kreisen. Ein Tropfen aus ihrem Haar fiel neben ihren Schuh. Ich fragte, ob etwas passiert sei. Sie schüttelte den Kopf.

»Es ist nichts passiert. Es ist nichts.« Sie wartete kurz. »Ich weiß nicht mehr weiter.«

Das kannte ich. Jetzt würde ich zu hören bekommen, wie alle, wie sich die ganze Welt gegen sie verschwor, und ich sagte: »Ich dachte, dass es in letzter Zeit ziemlich gut ginge mit deiner Arbeit.«

Sie zuckte mit den Schultern. »Ich habe fast nichts mehr zu tun.«

»Wie kommt das?«

»Es geht nicht mehr. Es ist so verdammt mittelmäßig, was ich zustandebringe.«

»Aber du hattest doch verschiedene Aufträge.«

»Ich habe sie zurückgegeben. Ich kündige.«

»Was willst du stattdessen machen?«

»Nichts. Alles ist sinnlos.« Sie sank zusammen, stützte den Kopf auf ihre Hände. Ich konnte sie kaum verstehen, als sie sagte: »Er ist zurückgekommen.« Ich wusste nicht gleich, von wem sie sprach, ich erschrak nur kurz bei dem Wort zurückgekommen. Es kann passieren, dass jemand nach fünf Jahren zurückkommt. Ich stelle mir das oft vor. Ich erkenne jemanden an der Haltung in der Straßenbahn, an der Art des Gangs, wie er aus dem Bahnhof kommt. Jemand überquert einen Platz, und ich muss ihm folgen, Straße für Straße, weil ich mir nicht sicher bin –

bis ich entdecke, dass ich mich wie so oft geirrt habe und zugeben muss, dass ich mir etwas vormache.

»Wer«, fragte ich, »wer ist zurückgekommen?«

Sie setzte sich auf. »Nein. Sag mal, spinnst du? Das glaubst du doch nicht?«

»Nein.«

»Ich meine den Freund, der vor dem Krieg nach Amerika gegangen ist.«

»Er ist da?«

»Auf Urlaub. Du weißt schon: Doing Europe in three weeks.«

»Hast du ihn getroffen?«

Sie nickte; sie legte ihre Brille auf den Tisch und starrte auf ihre Hände, die auf ihrem Schoß lagen. Sie hatte die Finger ineinander verschlungen; die Knöchel ragten wie eigens aufgesetzte weiße Kappen hervor. »Ich habe die ganzen Jahre an ihn gedacht.« Ihr Mund bewegte sich kaum, sie sah nicht auf, sie sprach, als wäre sie allein. Es ist jetzt egal. Niemand hört mich, niemand sieht mich an. »Du findest es bestimmt wieder lächerlich, aber für mich war es etwas Besonderes. An ihn konnte ich anders denken als an die anderen – er lebte.«

»Habt ihr korrespondiert?«

»Nicht lange. Er schrieb mir, nachdem er sich beim Roten Kreuz nach mir erkundigt hatte. Sie konnten ihm dort meine Adresse sagen statt nur einen Lagernamen und ein Datum. Ich schrieb zurück. In den letzten zwei Jahren habe ich nichts mehr gehört.«

»Hat er dich nicht informiert, dass er kommen wird?«

»Nein. Er stand plötzlich vor mir.« Sie löste ihre Hände. »Ich erkannte ihn zuerst nicht. Er ist ein jetzt amerikanischer Businessman, ein bisschen pummelig, mit einer dunklen Brille.«

»Was erwartest du? In zehn Jahren ändert man sich. Er war noch ein Junge, als er von hier weggegangen ist.«

»Das ist mir klar, aber …« Sie sah aus dem Fenster, mit zuckenden Lidern, zusammengepressten Lippen. In drei Jahren war ich dreißig. Was hatte ich getan, was würde ich noch tun, das eine gewisse Bedeutung hatte und bewies, dass es einen Sinn hatte, dass wir noch da waren und die anderen nicht mehr? Die Zwillinge von Onkel Max aus Assen sind nicht älter als acht Jahre geworden. In Sobibór vergast. Es sind aufgeweckte Kinder, sagte meine Mutter einmal, nachdem sie ein paar Tage zu Besuch gewesen waren, sie können schon lesen, bevor sie in der Schule sind.

»Hat er Kinder?«

»Ja. Woher weißt du, dass er verheiratet ist?«

»Das ist offensichtlich. Er ist nach Holland gekommen, um sich mit seiner Frau den ganzen alten Kram noch einmal anzusehen. Die europäischen Juden, die nach Amerika gegangen sind, werden gelegentlich sentimental.«

»Wir waren vier Jahre zusammen, wir haben uns jeden Tag gesehen. Ich fasse es nicht.« Sie schlug mit der Faust auf die Stuhllehne. »Ich habe die ganze Zeit einen anderen vor mir gesehen. Er ist es nicht … jetzt habe ich …«

»Jetzt hast du niemanden mehr.« Ich wurde wütend. Ihr Selbstmitleid hatte ich nie ausstehen können, ich sah auf ihre Schuhe; Sportschuhe mit dicken Sohlen, unförmige Kloben. Als ob sie ihr jemand angezogen hätte, ohne an die dazugehörenden Beine zu denken. Ihre Strümpfe schlugen Falten. Auf ihrem Rock war ein grüner Farbfleck. Ich fragte: »Warst du schon mal mit jemandem im Bett?«

Sie schien mich nicht zu hören. War auch besser so. Ich musste mir jetzt schnell etwas anderes einfallen lassen. Aber sie sagte, und ihre Stimme klang gemessen:

»Was für eine banale Argumentation. Wie kommst du auf die Idee?«

»Ich hab es mich nur gefragt.«

»Was hat das damit zu tun?«

»Vielleicht nichts, vielleicht alles. Du bist jetzt achtundzwanzig.«

»Und noch nicht erwachsen, willst du sagen.«

»Du machst manchmal den Eindruck.«

Sie zuckte mit den Schultern und blickte mich an. Aber ich merkte, dass sie mich nicht sah. Ihr Mund bewegte sich, sie wollte etwas sagen und wusste nicht, wie sie es ausdrücken sollte. Sie verschränkte ihre Hände, die Daumen weit nach außen.

»Du hast natürlich recht«, sagte sie schließlich. »Auch in der Hinsicht hatte ich Pech. Wir waren sehr verliebt, er und ich. Wenn er zum Lernen zu mir kam, haben wir immer geknutscht, wie man das in dem Alter macht, küssen und so. Aber nach dem Abitur fühlten wir beide, dass etwas passieren musste … Dass das passieren musste. Der Krieg kam immer näher, und er würde bald nach Amerika gehen.« Sie hielt kurz inne, reckte sich und lehnte den Kopf an die Stuhllehne. »Es war an einem Sonntagmittag. Meine Eltern waren am Abend davor von einer Familienfeier spät nach Hause gekommen und schliefen noch in ihrem Zimmer. Leo war bei mir. Er sprach über Amerika, wo er ein Studium anfangen würde. Ich solle auch kommen, sobald er mit dem Studium fertig sei. Aber wenn es hier schiefginge, müsse ich gleich das Schiff nehmen. Solche Sachen sagt man dann. Wir saßen nah beisammen. Er öffnete meine Bluse und meinen BH. Mit dem Reißverschluss am Rock hatte er Probleme, und ich half ihm. Es war so selbstverständlich – es erschien mir als einzige Möglichkeit, Abschied zu nehmen und weiter aneinander zu denken.« Sie rieb sich die Augen. »Plötzlich stand meine Mutter in der Tür. Wir hatten sie nicht gehört. Ich war nackt. Sie betrachtete uns mit eisiger Miene. Sie sagte kein Wort und ging gleich wieder. Ich zog mich an, und er schlich aus dem Haus. Meine Eltern waren fassungslos. Sie dachten, es sei ›nur eine Freundschaft‹; wir hatten ihr Vertrauen enttäuscht. Sie waren so fromm, so naiv. Es hatte keinen Sinn, es ihnen zu erklären. Er solle besser nicht mehr kommen, sagte meine Mutter. Aber was machte das schon aus? Zwei Wochen später brachte ich ihn zum Schiff. Wir versprachen einander … nun ja, was man sich immer verspricht. Ich war nur so dumm, es nicht zu vergessen.« Sie verschränkte die Hände hinter dem Kopf und starrte zur Decke.

»Aber dieser Maler, mit dem ich dich ein paarmal gesehen habe; wie hieß der gleich?«

»Fred.«

»Ehrlich gesagt, ich dachte, du hättest was mit ihm.«

»Ich fand ihn nett. Er kam öfter zum Essen, er hatte eine sehr schwere Zeit. Ich gab ihm gelegentlich auch Geld für Farben und Kohlen. Es war mitten im Winter.«

»Warst du in ihn verliebt?«

»Nein. Aber durch ihn habe ich wieder zu zeichnen und zu malen angefangen. Es machte mir Freude, ihm zu helfen.«

»Also hattet ihr nichts miteinander?«

»Warum reitest du darauf herum. Ich habe doch Nein gesagt.«

»Platonische Freundschaft.«

»Er mochte mich sehr, das habe ich schon gemerkt. Aber er rührte mich nie an. Ich dachte zuerst, er sei zu schüchtern oder er würde mich respektieren, weil ich ihm von Leo erzählt hatte. Eines Abends kam er wieder zum Essen zu mir. Es war sehr kalt. Er sagte, seine Kohlen seien alle und ihm graue davor, in sein Atelier zurückzugehen. Ich sagte, er könne gern bleiben, wenn er wolle. Er blieb. Ich habe nur ein Bett, wie du weißt, ein schmales Bett. Als ich mich auszog, gestand er mir, dass er sich eigentlich nichts aus Frauen macht. ›Nicht so, wie du es vielleicht von mir erwartest.‹ Das waren seine Worte.«

»Er war schwul.«

»Äh … ja. Ich war völlig ahnungslos. Wir sind einfach nebeneinander gelegen. Am nächsten Morgen gab ich ihm Geld für Kohlen mit. Und danach … ach, ich habe natürlich nichts für ihn empfunden. Ich hatte nur gedacht … na ja, ist ja auch egal.«

»Er hätte sich besser einen reichen Freund gesucht.«

»Das ist jedenfalls alles. Du warst doch so neugierig auf meine erotischen Erfahrungen? Bei mir klappt nie was.«

Ich stand auf, ich musste etwas tun, mich bewegen. Ich ging in die Küche und hielt den Pfeifkessel unter den Hahn. Auch ich war am Morgen mit einem miserablen Gefühl aufgewacht. Mark schob die Vorhänge beiseite, und ich sah den grauen Himmel, den Regen, ein Tag, an dem man erst gar nicht aufstehen sollte. Ich hatte wieder einen meiner Träume gehabt. Ich war mit meinem Vater in dem großen Haus. Diesmal gingen wir nicht in die Zimmer, sondern liefen durch den Gang, eine Treppe hinab und kamen in den Keller. Dort war es kalt, und der Boden klebte, als hätte man Teer hingekippt. Hinter einem Steinpfeiler lag meine Mutter, auf einer Tischplatte auf Böcken. Sie war nackt und brutal verstümmelt.

Yona war mir nachgekommen und lehnte am Türrahmen. »Ich frage mich manchmal, wer besser dran ist, wir, die weiter müssen, die so tun müssen, als ob sich nichts geändert hätte, oder die, die es nicht mehr müssen.«

»Niemand muss etwas.« Ich goss heißes Wasser in den Filter. Ich tat absichtlich, als ob ich sie falsch verstanden hätte. »Wenn du irgendwas nicht machen willst, dann lass es sein.« Wegen meiner ungeduldigen Handbewegung goss ich zu viel heißes Wasser in den Filter. Er lief über.

»Wie du die Sachen simplifizierst. Manchmal denke ich, dass dir alles völlig egal ist. Aber ist das so?«

Das Wasser sickerte langsam durch das Kaffeepulver. Am Rand bildeten sich Schaumbläschen, schillerten kurz, bevor sie zerplatzten.

Die Frau hält eine Glasschüssel zwischen ihren Händen und starrt auf den dunkelbraunen Brei. Sie hat rotgefärbtes, am Scheitel grau herausgewachsenes Haar. Ihr Haar ist schütter. Ihre langen Ohrringe erinnern mich an die Glastropfen altmodischer Hängelampen. Die Möbel in dem kleinen Zimmer sind so aufgestellt, dass man nicht vorbeikommt, ohne anzustoßen. Es riecht nach Kohl, staubigem Plüsch und Katzenpisse. Nach einer Weile schiebt die Frau die Schüssel beiseite und sieht mich an. Ihr Gesicht ist aufgedunsen; der nachlässig aufgetragene rosa Puder liegt fleckig auf ihren Wangen. »Die Personen, an die Sie denken, leben noch«, sagt sie. »Sie werden sie bald wiedersehen.«

»Vielen Dank.« Ich lege ein paar Gulden auf das rote Tischtuch.

Yona nahm eine Pfeffermühle vom Brett und drehte am Deckel.

»Ich erinnere mich, dass meine Mutter einmal Pfeffer in die Augen bekam. Wir saßen gerade beim Essen und irgendwie, ich weiß nicht wie, ist es passiert. Sie geriet in Panik. Sie rannte in die Küche und schrie: Ich werde blind. Mein Vater und ich liefen hinter ihr her. Er nahm eine Teekanne, goss Tee auf ein Handtuch und betupfte damit ihre Augen. Später fragte ich ihn, woher er wusste, dass kalter Tee hilft. Er lächelte und antwortete, dass er in dem Moment so schnell nichts anderes zur Hand hatte. Schnell handeln, und im richtigen Moment, sagte er immer. Er hat sich nicht daran halten können.« Sie stellte den Pfeffer wieder zurück.

»Lass uns doch nicht immer wieder mit dem Krieg anfangen.«

»Das musst ausgerechnet du sagen. Du nimmst alles so verdammt leicht. Vor allem, seitdem du aus dem Süden zurück bist. Es ist geradeso, als hättest du alles von dir abgeworfen. Ich wollte, dass ich das könnte.«

»Dir fehlt eine Tarnfarbe. Wenn man keine hat, kann man das Spiel nicht mitspielen.«

»Muss das denn sein?«

»Ja, das muss sein. Du musst dich anpassen. Alles ist schon längst wieder normal.«

Marks Worte. Ich fange schon an, ihn nachzubeten. Wir ziehen jetzt in ein anderes Haus, in ein Haus mit einer anständigen Treppe und einem elektrischen Türöffner, mit einem Boiler und einem Badezimmer und einem gekachelten WC; wir kaufen neue Möbel und neue Tisch- und Bettwäsche und neues Geschirr, Gläser für jede Art von Getränk.

Ich nahm die Tassen mit ins Zimmer. »Warum bist du damals nicht nach Israel gegangen? Du wolltest doch unbedingt? Aber nein, was machst du? Bleibst hier hängen, suhlst dich in deinem Unglück, quälst dich selbst. Und was hast du davon?«

»Das war damals nur so eine Laune. Was soll ich in Israel? Für Pionierarbeit dort bin ich total ungeeignet.« Sie trank einen Schluck Kaffee und stellte die Tasse abrupt ab, als würde sie etwas schmecken, das sie nicht mochte.

»Was gibt es sonst noch?« Sie schien ständig um etwas zu kreisen, etwas, wofür sie keine Worte fand. Ich konnte mir nicht vorstellen, dass die Rückkehr ihres Freundes der einzige Grund für ihre Niedergeschlagenheit war.

»Nichts«, sagte sie. »Ich bin heute Morgen aufgewacht und habe mich gefragt, welcher Tag heute ist. Und dabei wurde mir klar, dass das egal ist, ein Tag ist wie jeder andere, es gibt nie eine Veränderung, nie einen Tag, an dem ich das Gefühl habe, dass ich für irgendetwas lebe. Manchmal sehne ich mich nach dem Krieg zurück, das findest du wahrscheinlich absurd, aber damals hat man auf etwas hin gelebt, jeden Tag von Neuem, man dachte: bald … und jetzt weiß ich nicht einmal, welches Datum wir heute haben.«

Ich nahm die Morgenzeitung vom Tisch. »Heute ist Freitag, der 21. April 1950. Man hat fliegende Untertassen gesichtet. Frauenzigaretten kommen aus der Mode. Die internationale Lage ist angespannt.«

»Gestern las ich, dass sie in Westdeutschland wieder zugeschlagen haben: an zwei Orten jüdische Friedhöfe verwüstet und Hakenkreuze auf Grabsteine geschmiert. Dann reicht's mir schon.« Sie sprang auf, stürmte durch das Zimmer und sagte mit überschlagender Stimme: »Sightseeing nennen sie das. Look, darling, over there, that's where my girl friend lived.

Er wird seiner Frau irgendwo in der Luft gezeigt haben, wo mein Zimmer war.«

»So quälst du dich jetzt Tag für Tag. Hör doch endlich auf damit!«

»Weißt du, was er gefragt hat?« Sie hörte mich nicht einmal. Sie baute sich vor mir auf. Auf ihrem Rock waren noch mehr Farbflecken, dunkel verkrustet. »Er fragte, ob ich einmal zu Besuch käme. Wegen der Passage müsse ich mir keine Sorgen machen.«

»Das ist doch nett. Das musst du unbedingt machen.«

»Oh ja? Den Teufel werde ich tun. Du hast doch nicht gedacht, dass er das ernst meint?«

»Warum soll er es nicht ernst meinen?«

»Und wenn schon? Muss ich denn unbedingt nach Amerika? Dort wimmelt es auch von Antisemiten. Das hat man erst neulich in diesem Film gesehen. Sobald sie merken, dass du jüdisch bist, kriegst du nicht einmal ein Hotelzimmer.«

Sie ließ sich auf den Stuhl fallen und keuchte, mit geschürzten Lippen, als ob sie todmüde wäre. Alles erinnerte mich an den Abend im Krankenhaus, als sie zu mir sagte: ›Hätten sie mich doch dort gelassen‹. Dasselbe Gefühl der Ohnmacht. Ich sage das Falsche, zeige kein Verständnis, richte meine Stacheln auf, und alles, weil sie nur in der Erinnerung lebt an etwas, an das ich nicht erinnert werden möchte. Ich muss etwas für sie tun. Sie erwartet etwas von mir. Genau wie Mark. Sag doch mal was, wodurch sie fühlen, dass du sie magst.

Sie saß da und sah mich an. Ich stand auf, um mich ihrem Blick zu entziehen. Vielleicht war sie gekommen, um mir klarzumachen, dass sie mich jetzt als ihren einzigen »Lebenden« sah. Ich musste sie von diesem Gedanken abbringen. Ich ging zum Fenster und sagte, ohne mich umzudrehen, dass sie noch einmal darüber nachdenken sollte.

»Worüber?«

»Über diese Reise nach Amerika.«

»Ich will aber nicht.«

»So eine Chance kriegst du nie wieder.«

»Du willst mich los sein.«

»Dann siehst du mal was von der Welt.«

»Das dachten wir auch, als wir die Aufrufe für Polen bekamen.«

»Du würdest auf andere Gedanken kommen.«

»Du willst mich nur loswerden.«

»Hier findest du keine Lösung.«

»Ich bin dir eine Last.«

Ich stützte mich mit dem Ellbogen auf die Fensterbank. Der Regen, der glänzende Asphalt, die Fensterreihen gegenüber. Ich erkannte diesen Moment, hatte dasselbe schon einmal erlebt. Vielleicht war es zehn Jahre her oder länger. Ich stehe an einem Fenster und schaue durch den Regen auf ein großes Gebäude gegenüber. Eine Backsteinfront mit enorm vielen Fenstern. Da und dort ist etwas wie ein Gesicht zu erkennen, ein Schimmer von jemandem, der sich hinter einer Gardine bewegt. Ich werde von dort beobachtet. Und ich wage es nicht, mich zu regen.

Yona war zur Tür gegangen. Sie schob ihre inzwischen fast trockenen Haare zurück.

»Gehst du?«

»Gib's zu, es stimmt, ich bin dir eine Last.«

»Nur dir selbst. Gibt es etwas, das ich für dich tun kann?«

»Ich wollte nur ein bisschen mit dir reden ...« Sie öffnete die Tür.

»Was hast du heute vor?«

»Heute?«

»Ja. Hast du was vor?«

»Ich weiß es noch nicht. Ich habe dich aufgehalten. Tut mir leid. Du wolltest eigentlich gehen.«

»Oh, das kann warten. Ich sollte mal kurz nach der anderen Wohnung schauen.«

»Gut, dass du hier ausziehst.«

Ich holte ihren Regenmantel aus der Küche. Er war noch feucht. Sie zog ihn an und ging langsam nach unten. Ich sah ihr vom Treppenabsatz aus nach. Sie hatte wieder diese gebückte Haltung, mit vorgestrecktem Kopf, die Schultern hochgezogen, als schleppte sie noch immer ihren Rucksack mit sich.

»Yona«, rief ich, »komm heute Abend zum Essen.«

Sie blieb auf einer der unteren Stufen stehen. Sekundenlang hörte ich nichts. Ich konnte sie in dem dunklen Treppenschacht nicht mehr sehen.

»Heute Abend? Ich weiß nicht. Vielleicht. Aber rechne nicht mit mir, Sepha.«

Schnell schlüpfte ich wieder in den Mantel und überlegte, Mark kurz anzurufen. Ich rufe ihn oft an. Manchmal denke ich mir etwas aus. Ich frage nach der Auslandsredaktion, und dann beginnt das Summen, Knacken, Klacken von Metall auf Metall, das Durcheinander von Stimmen, dem ich lausche wie ein Kind, das am Hinterausgang eines Kinos vorbeikommt und durch den Türspalt die Filmgeräusche auffängt.

Marks Stimme klang gehetzt, kurz angebunden zwischen dem Geratter der Schreibmaschinen, und er verstand mich nicht. Er fragte, ob etwas Besonderes sei und ich sagte Nein, ich sagte Ja, ich sagte, dass Yona da gewesen war.

»Rufst du deswegen an?«
»Ich geh jetzt zur Wohnung.«
»Du warst noch nicht dort?«
»Nein, Yona hat mich aufgehalten.«
»Sonst noch etwas?«
»Nein … ich …«
»Hör zu, ich habe viel zu tun. Ich komme mittags nicht nach Hause. Bis heute Abend.«

Ich hätte gern noch geredet, weiter den Hintergrundgeräuschen gelauscht, Dinge gesagt, die mir durch den Kopf gehen, immer weiter geredet, ohne dass mich jemand unterbricht. Aber mit wem? Alle denken dasselbe, wollen auch das Wort ergreifen, und so kommt es nie zu einem Gespräch.

Aber auch nicht reden, stundenlang schweigen zu können, nicht gezwungen zu werden, nach Antworten zu suchen. Warum sagst du nichts? Du sitzt nur da, als ob dich alles nicht interessiert, als ob alles an dir abtropft. Adenauer bedauert die antisemitischen Vorfälle. Noch drohe kein Krieg, sagt Truman. Mahnmale für Widerstandskämpfer werden enthüllt. Orden verliehen. Kollaborateure aus der Haft entlassen. Das Haus nebenan bauen sie wieder auf. Mit Steinen, die an nichts erinnern. Hinter den neuen Mauern werden sich andere wieder in Sicherheit wähnen. In einigen Jahren wird auch unser Haus nicht mehr zu erkennen sein. Es war reiner Zufall, dass sie mich hierher gebracht haben. Es hätte mich genauso gut irgendwo anders hin verschlagen können, zu anderen, die untertauchen mussten, einem anderen Mann, mit dem ich mich ins Bett gelegt hätte, weil nur ein Bett da war. Liebe ist, sich aneinander gewöhnen. Wenn man sich erst einmal daran gewöhnt hat, geht alles seinen Gang. Aufstehen, essen, weggehen, nach Hause kommen.

Es ist kalt, zieh einen Mantel an. Es ist warm, mach das Fenster auf. Es gibt Regen, pass auf, dass du nicht nass wirst. Und die kleinen Dinge: ein Glas, das für dich eingegossen wird, eine Hand, die kurz auf deinem Arm liegenbleibt, Musik, die man zusammen erkennt, der Klang einer Stimme, die wärmer ist als sonst, eine besondere Art, einen anzuschauen.

Beim Überqueren des Spui meinte ich Yona in die Kalverstraat abbiegen zu sehen. Ich ging schneller und entdeckte sie vor dem Schaufenster eines Stoffgeschäfts. Aber es war nur ein Mädchen, das ihr sehr ähnlich sah, die gleiche eckige Figur, die gleiche Haltung. Ich war mir so sicher gewesen, dass es mir einen Schock versetzte. Wir hätten zusammen ins Kino gehen können, in *The Third Man* mit Orson Welles. Diesen Film hatte ich noch nicht gesehen. Ich gehe oft in die Nachmittagsvorstellung. Was soll ich sonst tun? Ich sehe Leute hereinkommen. Einige gehen wie motorisch Gestörte zu ihren Plätzen. Sie fühlen, dass sie von den bereits Sitzenden mit Blicken verfolgt werden. Die Leinwand ist noch dunkel, und irgendwohin muss man doch schauen. Sie richten sich auf oder lassen die Schultern hängen. Sie wissen nichts mit ihren Armen anzufangen. Mit ihren Händen noch weniger. Sie lassen sie neben dem Körper baumeln oder stecken sie in die Hosentaschen. Manche geraten beinahe ins Stolpern, wo der Fußboden auf der Höhe der ersten Parkettreihen wieder ein wenig ansteigt. Frauen klammern sich an ihre Taschen. Wenn sich der Saal füllt und die Plätze um mich herum allmählich besetzt sind, bin ich froh, dass das Licht erlischt, dass ich nur noch Hinterköpfe sehe unter der Leinwand, auf der sich etwas ereignet, das nur mich angeht und das nur ich mir ansehe.

»Das ist ein schöner Stoff.« Ich wurde beiseitegeschoben und sah mich im Glas vor einem Hintergrund aus knallblauen Blumen, bevor ich mich umdrehte. Die Gesichter der Passanten waren ausdruckslos. Die meisten sahen unter ihren Schirmen grau aus. Mit verregneten Kopftüchern und in durchnässten Regenmänteln gingen sie, Reihe für Reihe, in einer sinnlosen Prozession hintereinander her, als hätte man ihnen kurz davor mitgeteilt, dass die Kalverstraat nie enden würde.

Bei De Munt stieg ich in die Straßenbahn. Sie war voll, ich passte gerade noch hinein. Es roch nach Wäsche, die zu lange im Wasser gelegen hatte. Ein dicker Mann mit aufgedunsenem Gesicht presste sich von hinten an mich. Seine kleinen Augen starrten über mich hinweg, während er seinen Unterleib an meiner Hüfte rieb. Ich trat nach hinten, drückte meinen Absatz auf seinen Schuh, doch das schien ihn nur zu stimulieren. Weitergehen konnte ich nicht, deshalb beschloss ich, nach ein paar Haltestellen auszusteigen. Im Viertel von Thomas. Es war noch genügend Zeit, zur Wohnung zu gehen. Die Männer vom Gas und vom Licht hatten bestimmt nicht auf mich gewartet.

Die graue Katze saß am Ende der Bodentreppe. Sie streckte ihre Pfoten aus und stupste mit dem Kopf mein Bein. »Kennst du mich noch?« Ich bückte mich, um ihren Rücken zu kraulen. Sie folgte mir über das dunkle Treppenpodest zur Tür. Bevor ich den Türklopfer fallen ließ, beugte ich mich noch einmal vor und strich mit den Fingern durch das weiche Fell hinter dem Kopf. Als geöffnet wurde, schlüpfte das

Tier schnell hinein. Ich ging an ihm vorbei und blieb mitten im Atelier stehen.

»Hast du umgestellt?« Wenn man nach einer gewissen Zeit wiederkommt, sieht es immer anders aus, als man es sich vorgestellt hatte. Das weiß man schon im Voraus. Man fühlt sofort eine Art Enttäuschung.

»Nein. Ich habe nichts umgestellt. Zieh doch den Mantel aus.«

»Ich bleibe nur kurz. Ich war zufällig in der Gegend.«

»Ich hatte dich schon früher erwartet.« Er hängte meinen Regenmantel an einen Haken an der Tür.

»Ich hab viel zu tun.«

»Was denn?«

»Oh, alles Mögliche.«

»Alles in Ordnung?«

»Ja. Wir ziehen um.«

»Was! Ihr zieht dort aus?«

»Wir müssen. Das Haus wird umgebaut. Es kommt eine Firma rein.«

»Wo zieht ihr hin?«

»In ein Haus in Zuid.«

Er lachte. »Eine Neubauwohnung, Sepha?« Er stand breitbeinig mit verschränkten Armen vor der Tür, als ob er mich daran hindern wolle, gleich wieder zu gehen.

»Was in der Art.«

»Warum setzt du dich nicht?« Er zeigte auf den Diwan.

Ich setzte mich auf einen Stuhl am Tisch und legte die Arme auf die grobe Tischplatte voller Kerben.

»Möchtest du meine letzten Arbeiten sehen?«

»Ja. Zeig mal.«

Ich fuhr mit dem Finger eine Kerbe nach, die in einem Loch endete, groß genug für eine Murmel. Hinter mir war Thomas mit seinen Leinwänden beschäftigt.

Ich würde staunen, er habe sich völlig neu erfunden, ich würde es nicht wiedererkennen. Die Katze kauerte auf dem Diwan und belauerte mich. »Komm her«, sagte ich und schnippte mit den Fingern. Sie rührte sich nicht, sicher erwartete sie, dass ich mich wieder auf den Diwan legte, damit sie sich wie früher an meinen Bauch schmiegen konnte. Manchmal schlug sie wie besessen ihre Krallen in meine Kleider oder in meine Haut. Einmal sprang sie auf Thomas' nackten Rücken, er ließ sie einfach sitzen. Sie schwankte mit. Und oben die Gesichter der Kinder hinter dem Drahtglas, nur die plattgedrückten Nasen waren deutlich zu erkennen. Alles gafft und weiß Bescheid. Sobald ich um die Ecke biege, sehe ich sie auf der Straße spielen. Sie sind immer da. Man hat den Eindruck, dass sie nie zur Schule gehen. Sobald ich in ihre Nähe komme, sind sie wie vom Erdboden verschwunden, in einen Hauseingang. Ich höre sie kichern. »Da ist sie!« Ich trage eine selbstgenähte rote Bluse aus dünnem Stoff. Sie hat einen tiefen V-Ausschnitt. Als ich abends nach Hause komme, erwartet mich Mark bereits. Er fragt mich aus.

»Sag schon, für wen trägst du diese nuttige Bluse?« Er reißt sie mir vom Leib und wirft die Fetzen aus dem Küchenfenster. Mit der flachen Hand schlägt er auf meine Brüste, stößt mich gegen die Wand, zieht mich wieder zu sich hin. »Sag schon!« Ich sage es ihm. »Du willst alles kaputtmachen. Sollen wir denn immer so weitermachen?«

»Und wer hat damit angefangen?«

»Ja ich, ich habe damit angefangen, ich. Und das ist für dich ein Grund, mich dauernd zu verarschen. Dann geh doch, wenn du es nicht aushalten kannst, dann geh!«

Wir stehen am Spültisch. Er hat auch meinen BH zerfetzt, und ich habe die Arme vor der Brust verschränkt, die von seinen Schlägen glüht. Sein Hals ist bis zum Kragen rot angelaufen, auf der Stirn steht ihm der Schweiß, die Krawatte sitzt schief. Wieder versetzt er mir einen heftigen Stoß. Ich spüre den kalten Steinrand der Spüle im Rücken.

»Alles sah so schön aus, als wir aus dem Süden zurückkamen. Ja, am Anfang. Aber das war für dich schon wieder zu lange, nicht wahr? Du musstest wieder mit allen möglichen Männern ins Bett.«

»Nein, das stimmt nicht, ich wollte …«

»Mit Karel hast du auch was gehabt. Jawohl. Hast du geglaubt, dass ich das nicht mitbekomme? Mit ihm und mit dem Kerl in Collioure und mit wem eigentlich nicht?«

»Mit Karel war es bloß …«

»Bitte erspar mir deine Erklärungen. Du hast es getan. Aber das mach ich jetzt nicht mehr mit. Mir reicht's.«

Ich drehte mich um. Thomas hatte seine Bilder an die Wände gelehnt.

»Was meinst du?«

Die großen Farbflächen stachen hart vom grau gewordenen Putz ab.

»Du musst dich dorthin stellen.« Er zeigte zur Tür.

»Du warst wirklich fleißig.« Ich sah von einem Bild zum anderen, sie gingen ineinander über, die starken Farben, die eigenwilligen, rhythmischen Muster, die schweren Striche mit dem Palettmesser, alle zusammen wirkten wie ein einziges Bild von einem, der gut mit Farbe umgehen kann, der aber genauso gut eine Maschine zusammenbauen könnte, einen Schrank zimmern oder einen Schornstein mauern. Es ließ einen kalt. Ich murmelte etwas Zustimmendes und sagte, ich sei sehr überrascht. Ich hatte auch einmal Lust zum Malen gehabt. Als Kind konnte ich ziemlich gut zeichnen. »Vielleicht wird noch mal was draus«, sagte meine Mutter. Ich war gerade siebzehn, als der Krieg ausbrach. Ich hatte viel Energie, ich dachte, ich könne alles. Meine Eltern hätten mich gern an der Akademie gesehen. Stattdessen musste ich mit knallblauer Farbe Spielzeugautos anmalen. Das Holz war voller Astlöcher und so schlecht verleimt, dass die Hälfte der Partie zerbrach. »Falls du noch mal sowas Tolles hast«, sagte Mark zu dem Freund, der uns die Aufträge besorgte. Danach ging es um Fransen an Schals. Man musste den Rand aufdröseln und gleichzeitig verhindern, dass der Kriegsstoff sich völlig in Fransen auflöste. Ich durfte geflochtene Henkel an Taschen aus Papierkordel nähen und Puderdosen aus Holz lackieren, die ein anderer mit höchst primitiven Blumen bemalt hatte.

»Meinst du, dass es für eine Ausstellung reicht?« Er trug noch mehr herbei.

»Oh ja, bestimmt.«

»Habe ich mich völlig neu erfunden oder nicht?« Er baute die Bilder um mich herum auf, als ob er mich einmauern wolle.

»Es ist total anders. Sehr gut.« Ich sah zum Glasdach. »Ich glaube, es ist trocken. Ich muss wieder gehn.«

»Jetzt schon?«

»Ich bin nur auf einen Sprung gekommen.«

»Dich unterstellen?«

Sein Hemd stand am Hals offen. Der oberste Knopf fehlte, es gab nur noch ein Fädchen. Seine Manchesterhose mit dem Gürtel hing ihm tief auf den Hüften. Ich wusste, wie er mit einem Ruck das Hemd aus der Hose riss, den Gürtel fallen ließ. Seine Kleider hinwarf, meine daneben und dann auf den Diwan und über uns die Gesichter der Kinder, die riefen: »Sie machen es wieder.« Es ist immer dasselbe. Ich ärgere mich über Gilbert, weil er unbändig lachen muss, als ich ihm sage, dass »Mark« kommt. »De quelle marque?«, ruft er und »Pas un marque mal, j'espère.« Wir laufen auf dem Pier von Banyuls, es stürmt, der Wind weht meinen Rock hoch, und er lacht noch lauter und hilft dem Wind noch ein bisschen nach. Was suche ich bei diesen Männern? Sie wollen immer dasselbe, immer geht es um diese Auszieherei, raus und rein und wieder raus und wieder rein, bis mir ihr immer wieder gleiches Tun zum Hals heraushängt, weil ich mir immer etwas anderes erhoffe, andere Gesten, andere Worte, andere Empfindungen. Ich zog meinen Regenmantel an. Die Katze sprang vom Bett und begleitete mich zur Tür. Ich spürte ihren hochgereckten Schwanz über mein Bein streifen.

Hinter allen Fenstern hingen die gleichen weißen Gardinen. Sie sahen wie neu aus oder wenigstens wie frisch gewaschen. Vor ein paar Monaten hingen hinter den Fenstern im oberen Stock noch kurze, faltige Stoffstreifen. Es waren auch Pflanzen dazugekommen, Geranien und eine Sansevieria. Ich war zuerst daran vorbeigelaufen, vom Blumenladen an der Ecke her, und stand jetzt in einem Hauseingang auf der anderen Straßenseite. Warum starrte ich dorthin? Was erwartete ich zu sehen, all die Male, die ich dort gestanden hatte? Was ich an dem Haus entdeckte, war genau das, was ich nicht sehen wollte. Ein Bäcker kam in die

Straße gefahren. Wenige Meter von mir blieb er stehen, klappte seinen Karren auf und fixierte die Klappe mit einer metallenen Gelenkstange. Ich roch den Duft von frischem Brot. Ich sah die Brotstapel, die Brötchen, die runden Zwiebackrollen und die Verkade-Kekse. Der Bäcker musterte mich, bevor er an einem der Häuser klingelte. Ich starrte die Straße entlang, als würde ich auf jemanden warten. Hinter der Tür hörte ich in der Diele rufen, eine hohe Frauenstimme, die das Haus füllte, es lebendig machte.

An der Garderobe hängt ein Regenmantel aus hellem Gabardine, dessen Gürtel fast den Boden berührt. Das Radio läuft. BBC. Die Band von Roy Fox.

»Meine kleine Schwester Sepha«, sagt Ellen. Sie raucht eine Zigarette mit goldenem Mundstück. Neben ihr auf dem Diwan sitzt ein kräftig gebauter junger Mann. Mit dunklem, krausem Haar. Er hebt die Hand zum Gruß. Sie sind offenbar ein wenig auseinandergerückt, als sie mich kommen hörten.

»Die alten Herrschaften nicht da?«

»Mutter kommt gleich«, sagt meine Schwester. »Hast du viel auf?« Sie schlägt die Beine übereinander und schnippt die Zigarettenasche in den Ascher auf dem Tischchen neben dem Diwan.

Ich zucke mit den Schultern, drehe mich zum Schrank um, nehme ein paar Kekse aus der Dose und lasse die beiden allein. Im Flur esse ich die Kekse auf und gehe in den Wintergarten. Auf einem Korbstuhl liegt Mutters blaues Strickzeug. Das Knäuel ist unter den Pflanzenkübel gerollt. Ich lasse es liegen. »Die Wintergartenmöbel genügen noch immer den Anforderungen«, sagt mein Vater gelegentlich – ein Running Gag. Er hat sie, einschließlich Pflanzen- und Nähtischchen, zum Freundschaftspreis von Meneer De Hond gekauft, einem kleinen, wohlgenährten Mann mit Spitzbärtchen, der in einem gesicherten Haus seine Waren verkauft. Das Möbelset bietet er eines Tages so an, als würde er uns damit das Angebot unseres Lebens unterbreiten. »Wenn Sie nicht zufrieden sind, ich nehme alles jederzeit zurück.« Auf zwei Asbestscheiben steht ein Topf auf dem Küchenherd. Ich hebe den Deckel. Ein großes Stück Fleisch schmort vor sich hin. Es riecht nach Zwiebeln und Tomaten. Ich nehme mir einen Apfel aus der Schale und gehe nach oben. Der x-te Freund. Ich begreife nicht, warum meine Eltern erlauben, dass sie die Jungs mit nach Hause bringt. Die Tür des Elternschlafzimmers steht offen. Unter dem Bett sehe ich Vaters Hausschuhe, braune Filzpantoffeln mit heruntergetretenen Fersen. An der Wand hängt ein Kalender mit gelbem Rand. Oben steht fettgedruckt die Jahreszahl 5697. In meinem Zimmer stelle ich mich ans Fenster und beiße in den Apfel.

Der Bäcker kehrte zu seinem Karren zurück, legte zwei Brote und eine Rolle Zwieback in seinen Korb und ging zum nächsten Haus. Wieder sah er zu mir herüber, diesmal länger. Ich zog mich tiefer in den Hauseingang zurück und starrte vor mich hin.

Sobald man die Haustür öffnet, schwingt die Pendeltür mit dem Milchglas hin und her. Ein Schnappschloss klackt. In der Diele kann man sehen, wie viele Mäntel an der Garderobe hängen. Es sind dunkle Flekken hinter dem Glas. Der Marmorboden in der Diele hat sich vor der Treppe ein wenig gesenkt. Weil der scharfe Rand im Läufer Abdrücke macht, hat meine Mutter ein dickes Stück Pappe untergelegt.

Meneer De Hond ist ein Jahr vor Kriegsausbruch gestorben. Mein Vater geht in schwarzem Anzug und mit dem seidenen Zylinder zum Begräbnis.

Die Wintergartenmöbel genügen noch immer den Anforderungen, das Rohr ist ein wenig nachgedunkelt, und an einem der Stühle löst sich auf den Lehnen das Geflecht. Mein Vater schlägt zwei Kupfernägelchen ein. »Man muss es in Ordnung halten«, sagt er.

Der Bäcker rechnete mit jemandem ab. Mit einer Frau im grünen Kleid. Die Zwiebackrolle blieb im Korb zurück. Was wollte ich hier? Was suchte ich in dieser Straße, wo ich wie ein Voyeur auf ein Haus starrte?

Ein Haus wie alle anderen in der Reihe. Ich ging durch die leeren Räume. Es roch nach Farbe und frischem Holz. Jeder meiner Schritte klang hohl, echote, als hielte jemand hinter mir mit mir Schritt. Vielleicht war Yona da. Sie wusste, dass ich hierher wollte. Sie hatte sich irgendwo versteckt, um mir nachzuspionieren, um zu beobachten, wie ich mich hier umsah. Sie würde plötzlich vorspringen und sagen: »Siehst du, Sepha, dieses Haus ist es auch nicht. Es hat keinen Sinn woanders hinzuziehen, wenn man sein ganzes Gepäck weiter mitschleppt, Gepäck, für das es keinen Schrank geben kann.« Oder hatte sie das schon einmal gesagt? So etwas Pathetisches konnte nur von ihr kommen.

Ich durchsuchte alle Räume, aber es war niemand da. Ich öffnete Schränke, sah die leeren Böden, den Gaszähler, den Stromzähler, rote Leitungen, drehte Hähne auf, ließ das Wasser spritzen, hörte es durch die Rohre strömen, öffnete sie noch weiter und setzte etwas in Gang, eine Transfusion, die dem Haus verabreicht werden musste, damit es zum Leben erwachen konnte. Ich öffnete die Fenster, nach vorn und nach hinten. Vom Durchzug knallte eine Tür ins Schloss. Eine leere Farbdose rollte von einer Fensterbank.

Ich kontrollierte alles: die Fußböden, auf denen sich Holzsplitter und Wollmäuse angehäuft hatten, die Türschwellen und Fensterbänke, mit noch klebriger Farbe, die Türschlösser, die Lichtschalter, die Zugkette am WC. Es gab nichts, das nicht in Ordnung war, nichts, das uns vom Umzug abhalten könnte oder weshalb er aufgeschoben werden müsste.

Wir bekommen Besuch von einem langen, hageren Mann, dessen dünnes Haar in Streifen über seinem Schädel liegt. Er zieht einen Zollstock aus der Gesäßtasche und klopft damit, auf der Suche nach Schwachstellen, die Wände ab. Kalk stiebt auf. Die Küche sieht er sich vom Flur aus an. Er braucht nur zwei Sekunden. Er nickt. »Ich habe es schon gesehen«, sagt er. »Alles kommt raus. Das ganze Zeug wird rausgerissen.« Er zeigt uns Formulare, in denen steht, dass das Gebäude an jemanden verkauft ist, der dort eine Firma eröffnen möchte. »In zwei Monaten müssen wir leer übergeben.«

Als er nach unten geht, hören wir ihn im Treppenhaus die Wände abklopfen. Die Haustür klemmt. Er kann sie erst nach wiederholtem Ziehen schließen. Ich kehre den Putz zusammen und wische den Staub von Tisch und Stühlen.

»Ich habe es kommen sehen«, sagt Mark. »Es ist wirklich eher ein Geschäftshaus.«

»Wie finden wir was anderes?«

»Ich werde es über die Zeitung versuchen.«

»Trotzdem schade, dass wir hier raus müssen.«

»Auf einmal findest du es schade?«

»Ich hänge an der Gegend.«

»Naja, die Gegend ... Aber ich habe dich doch, ich weiß nicht wie oft, sagen hören, dass du weg willst, dass du genug hast von der Bude hier.«

Manchmal hasse ich es. Die großen Wände, von denen der Kalk rieselt, die Löcher im Fußboden, die Fenster, die nicht richtig schließen, die unordentliche Küche, in der ich nicht Ordnung halten kann, weil wir im Hungerwinter die Schränke verheizt haben und es deshalb für Geschirr und Lebensmittel keine Fächer mehr gibt. Die Abende, an denen ich auf Mark warte, die Nächte, in denen ich allein bin, daliege und lausche, aus dem Bett steige, aus dem Fenster sehe, zur Schute, wo noch Licht brennt, zu der Frau, bei der immer jemand ist. Sie steht beim Milchhändler, als ich meine Einkäufe erledige, legt einen Streifen Buttermarken auf den Ladentisch. Trotz der Kälte steht ihr weiter, blauer Mantel offen. Der Milchhändler, ein kleiner Mann mit einem Glupschauge, der sich nie ohne Mütze zeigt, stiert auf ihre Brüste, die sich in dem strammsitzenden Kleid spitz abzeichnen. Er nennt sie »Madam«. Er hat mir einmal erzählt, dass sie Belgierin ist. Aber sie spricht Amsterdamer Dialekt. Sie grüßt mich, wie sich Nachbarn eben grüßen, und fragt, wie es meinem Mann gehe. »Er zieht immer so höflich den Hut vor mir«, sagt sie. »Das erleben wir auch nicht jeden Tag.« Mark trägt keinen Hut, aber sie sieht ja so viele Männer.

Mit meiner Nagelfeile begann ich die Farbspritzer von einem der Fenster zu kratzen. An der Verkehrsinsel schräg gegenüber dem Haus hielt eine Straßenbahn. Die Aussteigenden eilten über die Straße und bogen gleichzeitig um die Ecke, als ob sie zusammengehörten. Nicht weit nach der Ecke ist der Grabsteinhandel. Dort komme ich mit meinem Vater vorbei, wenn er Zigarren holen geht. Der Vorgarten nimmt so viel Raum ein, dass auf dem Gehsteig zwei Leute nur knapp aneinander vorbeipassen. Hinten stehen die Großformate, mit schmiedeeisernen Ketten und Granitkreuzen. In einen Stein aus weißem Marmor sind die Worte »Er ruhe in Frieden« gemeißelt, die Buchstaben mit Schwarz ausgemalt. Ich eile vorbei und betrete vor meinem Vater das dunkle Geschäft. Sobald die Tür hinter uns ins Schloss fällt, sind wir von würzigem Tabakduft umgeben. Während sich mein Vater mit der Ladenbesitzerin unterhält, starre ich in die kleine Gasflamme, an die er seine Zigarre hält. Die blaugelbe Zunge flackert. Ich starre so lange darauf, bis ich sie auch auf den kleinen Kisten und Schachteln sehe, auf einem Reklameschild für Christo Cassimis und auf dem Gesicht der Frau, die sich mit verschränkten Armen auf den Ladentisch stützt. Jahre später komme ich dorthin zurück. Ich kaufe eine Schachtel Zigaretten. Die Frau ist dicker geworden. Sonst hat sich nichts verändert. Auf der Kupferstange brennt die kleine Flamme. Im Garten daneben stehen die Grabsteine, als hätte in all den Jahren niemand einen gebraucht.

Auf der Straßenseite gegenüber sah ich auf gleicher Höhe mit mir eine Frau. Sie hielt den Vorhang ein wenig beiseite und schaute, als ob sie etwas erschreckt hätte. Sie hatte ein schmales, weißes Gesicht. Schwarze Haare. Kurz darauf war sie verschwunden, und ich wusste nicht mehr, an welchem Fenster ich sie gesehen hatte.

Kinder beugten sich weit über das Brückengeländer und warfen zusammengeknülltes Papier ins Wasser. Ein Mädchen war beim Seilspringen. Das Seil traf kurz meine Schulter. Die Uhr der Zuiderkerk schlug die halbe Stunde, halb sechs. Mark konnte bereits zuhause sein. Doch hinter den Fenstern bewegte sich nichts. Er hielt nie wie ich Ausschau.

»Gerade, auf dem Weg hierher, habe ich deinen Kopf gesehen«, sagt er. »Was hast du gemacht?«

»Ich saß am Fenster.«

»Wenn ich zuhause bin, sitzt du nie dort.«

»Das geht doch kaum, wenn du zuhause bist.«

»Netter Nebenverdienst.«

»Dafür wohne ich zu weit oben.«

»Man muss es also wissen.«

»Ja, wie du zum Beispiel.«

»Aber dann will ich auch jetzt gleich.«

Es entsteht von selbst. Und uns fällt jedes Mal etwas anderes ein. Wir spielen auch, dass wir uns erst seit kurzem kennen, dass wir uns im Zug begegnet sind, zwischen Paris und Brüssel. Der heiße Sommer macht es uns leicht. Wir werfen Kissen auf den Boden und liegen nackt vor dem offenen Fenster. Und während unter uns Lastwagen entladen werden, Staus entstehen, Hupen gellen und gegenüber Beamte rechnen, wandern meine Hände über seinen glühenden Rücken, und ich spüre die Abdrücke der Kokosmatte auf seinem festen Hintern, wenn ich ihn an mich presse. Aber manchmal, nach einer Umarmung, denke ich, dass es nicht von langer Dauer sein kann, und mich überkommt wieder dieses Vorgefühl wie auf der Rückreise im Zug. Collioure liegt seit Stunden hinter uns, undurchdringlich wie alle Städte, an denen man vorüberfährt – Mädchen werden verkauft, Ladenbesitzer niedergestochen, geflüchtete Legionäre geschnappt – und Amsterdam ist noch fast vierundzwanzig Stunden von uns entfernt; ich versuche ständig, den Gedanken zu verdrängen, dass wir aussteigen müssen, über einen Bahnsteig gehen mit

Leuten, die drängeln, und Leuten, die sich zwischen uns schieben und es uns wieder schwermachen, beieinanderzubleiben.

Als ich die Treppe hinaufging, stand Mark an der Tür. »Bist du endlich da? Wo hast du gesteckt? Ich habe heute Nachmittag sicher fünfmal angerufen.«

»Ist was passiert?«

Ich versuchte mir zu überlegen, wo ich gewesen war und zu welcher Zeit, wie jemand, der nach einem Alibi sucht. Die Morgenzeitung lag noch aufgeschlagen auf dem Tisch neben den Tassen, aus denen wir Kaffee getrunken hatten. Der Stuhl, den Yona verschoben hatte. Ich setzte mich darauf. Ich hatte auf einem Platz gestanden und zwei Männer beobachtet, die auf dem Dach eines hohen Gebäudes mit Brettern und Seilen hantierten. Ich hatte auf einer Brücke ein Schiff unter mir verschwinden und auf der anderen Seite wieder unter mir zum Vorschein kommen sehen. Am Ende der Gracht stand ein Kirchturm. Die Turmuhr zeigte fünf vor vier.

In fünf Minuten ist die Schule aus. Ich warte auf meine Schwester, die schon in der sechsten ist.

»Lauf du schon mal voraus«, sagt sie. »Ich gehe mit Rudy.«

Aber ich bleibe beharrlich hinter ihnen. Sie schlenkert mit ihrer Schultasche, gibt dem Jungen ab und zu einen Schubs, lacht hoch und schrill. Der Junge trägt karierte Sportstrümpfe. Seine Knie steigen wie Höcker darüber empor.

»Deine Schwester geht mit Jungs«, flüstert meine Banknachbarin. »Gehst du ihnen nach, um zu sehen, was sie machen?«

Ich zucke mit den Schultern. »Meine Mutter möchte, dass wir zusammen aus der Schule nach Hause gehen«, sage ich.

»Was machen sie denn, sag, was machen sie?« Das Mädchen dreht sich mir kichernd zu. Ihr fehlen ein paar Vorderzähne und durch diese Zahnlücke streckt sie ihre gewölbte Zunge.

»Keine Ahnung. Nichts.«

Ich hätte noch später nach Hause kommen, bis zum Abend warten können. In eine dunkle Straße, ein dunkles Treppenhaus, ein halbdunkles Zimmer zurückkommen. Die Dunkelheit bringt Oasen der Ruhe mit sich, Orte, an denen man zu Atem kommen, halb unsichtbar sein kann. Und ich fühlte mich auf meinem Stuhl allzu präsent.

»Möchtest du etwas trinken, Sherry oder was Stärkeres?«

»Gib mir mal einen Schnaps.« Ich hatte vergessen einzukaufen. Viel war nicht da. Und Yona kam womöglich zum Essen. Wenn ich mich beeilte, schaffte ich es noch vor sechs. Ich blieb sitzen. Mark rückte einen Beistelltisch heran, stellte die Gläser darauf und goss ein. Sorgfältig, es schien seine ganze Aufmerksamkeit zu beanspruchen.

Was hatte ich zu erzählen. Ich war kurz bei Thomas gewesen. Warum, wusste ich nicht einmal. Ich war zu unserer alten Wohnung gefahren, mit der Straßenbahn, und vom Bäcker ertappt worden. Danach zur neuen. Zurück war ich zu Fuß gegangen, ab und zu stehengeblieben, um etwas anzusehen. Ein paarmal hatte ich das Gefühl, dass ich etwas zu tun vergessen hatte, dass ich noch irgendwohin musste. Aber es wollte mir nicht einfallen.

»Ziehst du deinen Regenmantel nicht aus?«

»Ja, doch.« Ich hängte ihn über einen Stuhl.

»Du siehst aus, als wärst du den ganzen Tag durch den Regen gelaufen. Ist dir kalt?«

»Ein wenig.«

Er stocherte im Ofen, stellte den Stuhl mit meinem Mantel daneben und zog meinen Stuhl ebenfalls dorthin. »Warum tust du das?«

»Ich laufe gern durch den Regen.«

»Bist du in der Wohnung gewesen?«

»Ja. Die Männer habe ich nicht mehr angetroffen. Ich war zu spät.«

»Und dabei solltest du pünktlich da sein.«

»Ich habe dich doch angerufen, um zu sagen, dass Yona mich aufgehalten hat.«

»Was wollte sie so früh?«

»Reden. Sie hatte wieder irgendein Problem.«

»Was war denn mit ihr?«

»Warum interessierst du dich plötzlich für Yona?«

»Ich darf doch noch fragen, was mit ihr los war.«

»Ach, mit ihr ist immer was. Sie hatte wieder einen ihrer depressiven Anfälle.«

»Wann hast du sie eigentlich kennengelernt?«

»Vor fast fünf Jahren. Rechne doch nach. Als ich aus Friesland zurückgetrampt kam.«

»Ich habe manchmal gedacht, ihr könntet verwandt sein. Findest du das verrückt?«

»Ziemlich. Sehen wir uns denn ähnlich?«

»Nein, ganz und gar nicht. Und trotzdem ...«

»Es gibt Leute, die denken, alle Juden seien miteinander verwandt.«

»So habe ich das nicht gemeint.«

»›Oh, Sie sind nicht mit Mevrouw Cohen verwandt? Sie sehen sich zum Verwechseln ähnlich, deshalb dachte ich es.‹ Sie trauen sich nicht zu fragen: ›Sind

Sie Jüdin wie Mevrouw Cohen?‹ Israelitin hört man nicht mehr oft, das Wort ist auch ziemlich schwierig, obwohl man damit das Problem gut umgehen kann. Denn sie wollen schon gern wissen, ob du Jüdin bist. Und warum? Damit sie denken können: Besser die als ich.«

Er griff nach seinem Glas und starrte hinein. Sein Gesicht war ernst. Er zog die Brauen zusammen. Ich hatte ein Lachen erwartet, eine seiner ironischen Bemerkungen, um so das Gespräch in eine ganz andere Richtung zu lenken.

Ich sagte, als ob wir noch immer über Yona sprächen: »Sie mag dich nicht. Sie konnte dich schon nicht leiden, noch bevor sie dich gesehen hatte.«

»Eifersucht.«

»Manchmal beklemmt mich das.«

Er trank sein Glas aus und behielt es in der Hand. Die nassen Flecken auf meinen Strümpfen waren getrocknet, es fühlte sich steif an, meine Beine glühten. Er stellte sein Glas vorsichtig auf das Tischchen. Es klirrte leise. Das einzige Geräusch im Raum. Ich fuhr mit der Hand über die Stuhllehne. Sie fühlte sich rau an. Vielleicht musste ich die Lehnen mit Sandpapier glattschmirgeln und neu beizen. Warum sagte er nichts. Ich fragte:

»Was ist passiert?«

Mark holte seine Zigaretten aus der Tasche, gab mir eine, suchte nach Streichhölzern und riss hastig eines an. Die Falten auf seiner Stirn wurden tiefer. An den Schläfen hatte er schon ein paar graue Haare. Manche Männer werden früh grau, oder kahl. Er hat dickes Haar. Als kleiner Junge war er hellblond gewesen.

»Heute Nachmittag kam im Telex eine Nachricht. Aus Apeldoorn.«

Ich kannte niemanden in Apeldoorn. Nicht mehr. Ein Onkel von mir hatte dort gelebt. Im Sommer gingen wir dort sonntags auf Besuch. Er wohnte in einem großen Haus, mitten in einem riesigen Garten. Wir saßen auf weißen Bänken und aßen Kirschen.

»Was für eine Nachricht?«

»Ich stand zufällig daneben, weil etwas zur Königskrise in Belgien reinkommen sollte.«

»Sag doch.«

»Es ging um sie, um Yona. Ihr voller Name kam darin vor.« Er beugte sich vor und drückte seine Zigarette auf der Ofenplatte aus. Sein Arm streifte mein Bein. »Sie war im Zug nach Apeldoorn. Ein paar Kilometer vor dem Bahnhof ist sie herausgefallen.« Sein Gesicht war vom Vorbeugen rot angelaufen. »Ich habe umgehend die Polizeiwache in Apeldoorn angerufen.«

»War sie …«

»Es hat sie übel erwischt …« Er rieb sich die Stirn.

»Tot?«

»Auf der Stelle. Der Zug fuhr noch mit vollem Tempo.«

Auf sein linkes Hosenbein war Asche gefallen, knapp über dem Knie.

»Wie ist es passiert?«

»Anscheinend als sie zur Toilette ging. Sie fanden die Tür daneben offen. Ihre Tasche lag noch da. Sie gehen von einem Unfall aus.«

»Wie kurz nach der Befreiung, als sie ins Wasser gefallen ist …«

Mark sagte nichts. Er klopfte die Asche von seiner Hose.

»Dieses Mal ist es ihr gelungen.«

»Es ist nicht gesagt, dass es Absicht war. Sie kann sich nicht wohl gefühlt haben und hat sich versehentlich auf den Griff der Wagentür gelehnt.«

»Das hat sie als Kind schon einmal gemacht. Damals konnte ihr Vater sie gerade noch packen.« Schnell handeln, und im richtigen Moment, hatte er gesagt.

»Wann hat sie das erzählt?«

»Vor ein paar Jahren. Vielleicht hatte sie es gar nicht vor. Es kann ein Impuls gewesen sein. Vielleicht hat sie erwartet, dass sie jemand ihm letzten Moment festhält.«

»Sie hatte eine Rückfahrkarte bei sich.«

»Woher weißt du das?«

»Von der Polizei.«

»Was hatte sie in Apeldoorn vor? Soweit ich weiß, kannte sie dort niemanden. Wie hat man sie identifiziert?«

»Sie haben ihren Pass und andere Papiere in ihrer Tasche gefunden.«

»War ihr Gesicht nicht entstellt?«

Er schwieg erneut. Gleich bekomme ich die Details zu hören. Den genauen Hergang. Den Ort, die Uhrzeit, die Stelle, wo man sie gefunden hat, die Aussagen von Zeugen, die Worte, die Bahnwärter und Polizisten und Rettungssanitäter über ihrem reglosen, entstellten Kopf gesprochen haben. Ich sehe die Puppe vor mir, die ich als Kind aus dem Fenster fallen ließ. Der Steinkopf zerbricht auf dem Gehsteig und ist nicht mehr zu reparieren. »Wir lassen einfach einen neuen Kopf draufsetzen«, sagt meine Mutter.

Ich stand auf und zog meinen Mantel an.

»Was hast du vor?«

»Kurz in ihr Zimmer.«

»Soll ich mitkommen?«

»Ich geh lieber allein.«

Die Bodentür war angelehnt. Ich hatte beim Stockwerk darunter geklingelt und, nachdem geöffnet worden war, »vielen Dank« gerufen, »ich muss auf den Dachboden.«

»Sie ist nicht da«, rief jemand zurück.

Das Atelier roch nach abgestandener Luft, als sei das Fenster seit Tagen nicht geöffnet worden. Die Diwandecke lag achtlos über dem ungemachten Bett. An der Ecke des Zeichentischs stand ein Teller mit einem angebissenen Brot. Im Vorbeigehen blieb ich mit meinem Mantel an einem verdorrten Zweig hängen, der in einer Flasche auf dem Boden stand. Auf den Stühlen lagen Kleider. Überall standen schmutzige Tassen und Gläser. Eine Schale mit wurmstichigen Äpfeln. Auf den Bildhalter der Staffelei war ein leeres Blatt geheftet, das ständig meinen Blick auf sich zog, weil es sich so sehr vom Rest der Einrichtung abhob. Ich nahm aus einer Schachtel ein Stück Wachskreide und fuhr damit hastig über das Papier. Mit Blau. Ich suchte nach einem anderen Blau. Es gab die Farbe in verschiedenen Tönen, ich verwendete alle, auch das Blau, nach dem ich zuerst gegriffen hatte. Ich hörte erst auf, als kein Weiß mehr zu sehen war. Dann wusch ich mir am Spülstein in der Ecke die Hände. Es roch nach feuchter Erde. Im Spiegel darüber sah ich mein Gesicht, verzerrt von bräunlichen, blinden Flecken. Sie machten meine Nase länger, die Augen schmaler. Ich bewegte den Kopf von links nach rechts und vor und zurück, aber die Ähnlichkeit, die ich sekundenlang zu sehen meinte, konnte ich nicht mehr entdecken.

Ich ging zum Diwan und drückte darauf. Die Buckel versanken und ließen anderswo neue Buckel entstehen, als ob die Liege mit Luft gefüllt wäre. Ich wollte mich gerade darauf niederlassen, als ich die Schuhe sah. Sie lagen auf der Seite, halb unter einem Schränkchen. Ich zog sie hervor und blieb mit ihnen in der Hand stehen. Die Absätze waren schief, an den Knöchelriemchen war hier und da das Leder ab. Ich hatte sie die Schuhe nicht oft tragen sehen. Sie hatte sie zwei Jahre nach der Befreiung in der Kalverstraat gekauft und musste stundenlang dafür anstehen. Weil die Schnallen ein Stückchen versetzt werden müssen, kann sie die Schuhe erst am nächsten Tag abholen. Auch an diesem Tag gibt es eine Schlange. Sie geht daran vorbei, betritt das Geschäft und kommt kurz darauf mit der Schachtel wieder heraus. Eine Reihe wütender Frauen erwartet sie. Eine ruft: »Die Juden sind und bleiben unverschämt.« Eine andere: »Du dreckige Jüdin, jetzt traust du dich wieder.« Und die nächste sagt etwas über Vergasen. Sie bleibt stehen. Sie denkt, dass sie sich vielleicht verhört hat. Sie sieht zu einer der Frauen, die wieder zu keifen beginnt. Ein fleckiges Gesicht über einem schwarzen Wollschal. Sie geht auf sie zu. Ich muss etwas tun, ich muss zuschlagen, ich muss in den Laden zurück, damit die Verkäuferin ihnen sagt, dass ich schon gestern für meine Schuhe angestanden habe. Sie wird beiseitegestoßen. Eine Frau versucht, ihr die Schachtel aus den Händen zu reißen. Sie knuffen sie, zerren an ihren Kleidern. Sie hört etwas reißen, bückt sich und rennt durch die Reihe in eine Gasse.

Ich stellte die Schuhe wieder zurück und betrachtete ein halbfertiges Bild, das auf dem Schränkchen stand, ein Selbstbildnis in vagen Farben. Auf dem Zeichentisch fand ich eine Mappe mit Illustrationen für ein Kinderbuch. Als ich die Mappe verschob, kamen die Fotos zum Vorschein. Sie lagen da, als hätte Yona sie schnell weggesteckt, als sei sie beim Ansehen ertappt worden. Ich hatte die Bilder nie zu Gesicht bekommen. Ich hatte gedacht, sie hätte keine Fotos mehr, sie hätte alles verloren. Sie sah ihrer Mutter sehr ähnlich, aber dieses Gesicht war viel weicher und regelmäßiger, und die Augen blickten eher mit einer Art kindlicher Verwunderung direkt in die Linse. Der Vater hatte ein großes, knochiges Gesicht mit einem dunklen, rund geschnittenen Bart und tiefliegende Augen hinter einer altmodischen Brille. Er trug einen Stehkragen mit einer breit gebundenen Krawatte. Auf späteren Fotos wirkte er viel jünger, im modischen Anzug, den Bart kurz geschnitten, und immer mit dem gleichen unbekümmerten Lächeln. Und Yona. Ein Schulkind im Strickkleid zwischen ihren Eltern auf einem Kanapee, händchenhaltend mit dem Vater, neben ihnen ein Tischchen mit einer dekorierten Vase. Eine hochaufgeschossene Yona mit langen Zöpfen und rutschenden Kniestrümpfen. Das Kinn wurde aggressiver. Neben einem Jungen in Knickerbockern an einem Brückengeländer. Und noch einmal der Junge, an einem Tisch voller Bücher und Hefte, mit hochgekrempelten Hemdsärmeln, einen Füllfederhalter in der Hand. »Leo, Sommer 1936« stand auf der Rückseite. Er hatte blondes, welliges Haar. Yona, mager und braun, im Badeanzug am Strand. Kerzengerade, fast formell, auf der Treppe vor einem Haus. Hier war das Haus. Die Eingangstreppe mit den Balustern sah aus wie die unseres Nachbarhauses. Aber ein fächerförmiger, weißer Fleck, der sich rechts von Yona nach oben zog, als sei Licht darauf gefallen, machte das Foto unscharf. Es konnte genauso gut irgendwo anders sein. An den Grachten gab es hunderte solcher Treppen. Ich war froh, dass ich nicht wusste, wo sie gewohnt hatte, und ich würde auch nicht versuchen, es herauszufinden.

Ich begann die Fotos nebeneinander zu legen, möglichst chronologisch, damit ich sehen konnte, wie Yona immer älter wurde. Danach sah ich mir das Selbstbildnis an. Es gab keinerlei Ähnlichkeit. Doch allmählich wurde es zu dunkel, um es richtig betrachten zu können. Ich zog die Schublade des Schränkchens auf und fand unter einem Stapel Papier ein dickes Heft. Ich nahm es heraus. Es hatte einen festen, braunen Einband. Auf dem Etikett war ein großes Y in einem Davidstern. Das Y war mit schwarzer Tinte gezeichnet, der Stern mit Bleistift. Vielleicht war es ein Tagebuch. Sie konnte gestern noch darin geschrieben haben, heute früh. Endlich konnte ich herausfinden, was in ihr vorgegangen war, was sie vorgehabt hatte, als sie das Haus verließ. Aber ich schlug das Heft nicht auf. Ich legte es unter die Papiere zurück und schloss die Schublade.

Was hatte sie von mir erwartet, als sie heute Morgen zu mir kam? Hatte ich ihr nicht die Chance gegeben zu sagen, was sie sagen wollte? Wollte sie mich zum x-ten Mal fühlen lassen, dass ich ebenso wenig frei von Schuld war?

Ich ging zum Fenster. Bei einem der Bäume kontrollierte ein Junge seinen Dynamo. Er ließ das Vorderrad kreisen und überprüfte, ob das Licht ging. Pfeifend stieg er auf. Sein Rücklicht brannte nicht. Weit nach vorn gebeugt schob ein Mann einen Handwagen die steile Brücke hinauf. In der Ecke zwischen Brückenmauer und Kai hatte sich Schmutz angesammelt, eine braune, matschige Schicht. Ich hatte Yona einmal gefragt, ob sie schwimmen könne. »Ja, ich kann mich zumindest über Wasser halten«, sagte sie. »Zu einem

Schwimmabzeichen habe ich es nie gebracht.« Aber wozu denn überhaupt, etwa dazu? Und wer konnte sagen, ob sie es gewollt hatte. Manchmal handelt man, bevor man denkt. Schneller als man möchte, hat man etwas Unwiderrufliches getan.

Auf dem Dachboden war es jetzt so dunkel, dass ich hinten nichts mehr erkennen konnte. Ich hörte jemanden die Treppe hochkommen, poltern, die Tür knarrte. Es war Mark. Er stand im Lichtschein der Diele.

»Meine Güte ist es hier dunkel. Was machst du da? Hast du etwas gefunden?«

»Nein, nichts.«

»Gibt es hier kein Licht?«

»Doch.«

»Wo ist der Schalter?«

»Lass sein. Es ist nicht mehr nötig.«

»Kommst du? Gehst du mit nach Hause?«

»Ja. Ich gehe mit.«

Ich zog den Schlüssel innen aus dem Schloss, sperrte die Tür ab und steckte den Schlüssel ein.

Während wir über die Brücke gingen, sah ich zu den Dachfenstern. Zwei glänzende Flächen unter dem schmutzigweißen Dachgesims. Ich blieb stehen, weil ich die Luke zwischen den Fenstern übersehen hatte, eine schwarze Luke, mit einem Hebebalken darüber. Aber Mark drehte mich um. Mit dem Arm um meine Schultern zog er mich mit, in eine Seitenstraße, die dunkel war und wo gerade die Laternen angingen.

Anmerkungen

35 *Hongerwinter* – Dramatische Hungersnot in Holland zwischen Oktober 1944 und April 1945 mit bis über 20.000 Hungertoten.

35 *NSBler* – Die faschistische *Nationaal-Socialistische Beweging in Nederland* bestand von 1931–1945.

35 *Landwacht* – NS-Polizeieinheit; in den Niederlanden ab März 1943 als SS-Einheit geführt.

36 *Dolle Dinsdag* – Irrtümlich hatte die Bevölkerung für diesen Dienstag, den 15. September 1944, mit der Befreiung durch die Alliierten gerechnet und sich teils erwartungsfroh versammelt.

45 *BS-Posten* – Am 5. September 1944 erfolgte per Dekret durch Königin Wilhelmina der Zusammenschluss der drei stärksten Gruppen des bewaffneten Widerstands im Untergrund – *des Ordedienst* (OD), der *Landelijke Knokploegen* (LKP) und des *Raad van Verzet* (RVV) – zur neuen Organisation *Binnenlandse Strijdkrachten* (BS).

49 *Judenhabe* – »Judenhabe« ist ein Begriff der von den Nazis für konfiszierten jüdischen Besitz verwendet wurde, auch bei Versteigerungen.

138 *Aufrufe für Polen* – An die Aufforderungen an Juden, zunächst nach Amsterdam ins »Judenviertel« überzusiedeln, schloß sich der erzwungene Transport ins Durchgangslager Westerbork an. Ab Herbst 1942 erfolgten razzienartige Abholungen von Juden aus ihren Wohnquartieren. Westerbork wurde ab Mitte Juni 1942 zur ersten Etappe auf dem Weg zur Deportation nach Polen, nach Auschwitz-Birkenau und Sobibór.

149 *die Jahreszahl 5697* – Diese Jahreszahl des an Mondphasen orientierten jüdischen Kalenders entspricht dem Jahr 1937/38.

Zur Autorin

Geboren am 31. März 1920 in Ginneken, heute Stadtteil von Breda, als Sara Minco, wuchs Marga Minco dort auf und begann 1938 für die Lokalzeitung zu schreiben. Die Besetzung der neutralen Niederlande durch die deutsche Wehrmacht im Mai 1940 hatte für ihre Familie schwerwiegende Folgen, zunächst die Diskriminierung als Juden. Dazu gehörte, dass ihre Zeitung, der *Bredasche Courant*, sie bereits vor entsprechenden judenfeindlichen Erlassen durch die Besatzer schon im Mai 1940 als erste unter den niederländischen Journalistinnen und Journalisten entließ. Ihre Eltern wurden gezwungen, von Amersfoort in das von den Deutschen eingerichtete »Judenviertel« von Amsterdam zu übersiedeln.

Marga Minco überlebte die Schoah, weil sie in Amsterdam vor der Gestapo flüchten und untertauchen konnte, während ihre Eltern, ihre Schwester und ihr Schwager, der Bruder und ihre Schwägerin von den Deutschen deportiert und in Polen umgebracht wurden. Bis auf einen Onkel, den die Ehe zu einer nichtjüdischen Frau rettete, wurden sämtliche ihrer Verwandten – Onkel und Tanten, Vettern und Kusinen – ermordet. Diese Erfahrung wurde für ihr Leben, aber auch ihr literarisches Werk prägend. Den in der Illegalität angenommen Vornamen Marga behielt sie fortan bei. Nach dem Krieg begann sie, Kurzgeschichten zu schreiben. Sie heiratete den ebenfalls aus Breda stammenden Dichter und Übersetzer Bert Voeten (1918–1992), den sie seit 1938 kannte, als er erste Lyrik schrieb, und der mit ihr in der Illegalität gelebt hatte. Dort entstanden zahlreiche seiner Gedichte und ein Kriegstagebuch. Gemeinsam bekamen sie zwei Töchter, eine von ihnen ist die Journalistin und Autorin Jessica Voeten.

Marga Minco gilt als eine der bedeutendsten niederländischen Schriftstellerinnen; Bücher von ihr wurden in 20 Sprachen übersetzt. Seit ihrem bahnbrechenden literarischen Debut *Das bittere Kraut* (1957) – ausgezeichnet mit dem Vijverbergpreis und ein Bestseller – steht sie im Blickpunkt. Nach mehreren Literaturpreisen, darunter dem Constantijn Huygens-Preis (2006), wurde ihr 2019 für ihr Gesamtwerk, darunter auch zwei Kinderbücher, der P.C. Hooft-Preis verliehen.

Im Arco Verlag erscheinen 2020 in Erst- oder Neuübersetzungen von Marlene Müller-Haas drei Titel, welche die Zeit der deutschen Besatzung der Niederlande, die Verfolgung, den Widerstand und die Erfahrungen der Nachkriegszeit thematisieren: *Das bittere Kraut* (ISBN 978-3-96587-020-8), *Ein leeres Haus* (1966; ISBN 978-3-96587-019-2) und *Nachgelassene Tage* (1996; ISBN 978-3-96587-018-5, Herbst 2020).

Editorische Notiz / Bildnachweise

Die Erstausgabe erschien 1966 unter dem Titel *Een leeg huis* im Amsterdamer Verlag Bert Bakker. Die Übersetzung folgt der 19. Auflage von 2019. Um die Lektüre in Schulklassen und Bildungseinrichtungen zu ermöglichen, wird in diesem Buch, abweichend von der üblichen Verlagspraxis, die neue Rechtschreibung verwendet

Frontispiz: Marga Minco, © Ad Windig, 1946

S. 169: Marga Minco, © Jutka Rona, 1967

Inhalt

Marga Minco
Das bittere Kraut
Arco

Bibliographische Information der Deutschen Bibliothek: Die Deutsche Bibliothek verzeichnet diese Publikation in der Deutschen Nationalbibliographie; detaillierte bibliographische Daten sind im Internet über http://dnb.ddb.de abrufbar.

Der Arco Verlag unterstützt die Kurt-Wolff-Stiftung für eine vielfältige Verlags- und Literaturszene.
www.kurt-wolff-stiftung.de

Nederlands letterenfonds
dutch foundation for literature

Die Übersetzung dieses Buches wurde von der Niederländischen Stiftung für Literatur gefördert.

Einbandgestaltung: Praxis für visuelle Kommunikation, Wuppertal. Satz: Hans Christian Leitich, Wien
Druck und Bindung: MultiPrint Ltd., Kostinbrod
Printed in Bulgaria
ISBN 978-3-96587-019-2

Arco Verlag GmbH, Obergrünewalder Straße 17, D-42103 Wuppertal
Arco Verlag (Wien), Lorbeergasse 10/12, A-1030 Wien
www.arco-verlag.com | service@arco-verlag.com